COBALT-SERIES

マリア様がみてる

レイニーブルー

今野緒雪

集英社

マリア様がみてる
レイニーブルー

もくじ

主要登場人物紹介

白薔薇さま《ロサ・ギガンティア》
藤堂志摩子

黄薔薇のつぼみ《ロサ・フェティダ・アン・ブゥトン》
島津由乃

紅薔薇のつぼみ《ロサ・キネンシス・アン・ブゥトン》
福沢祐巳

リリアン女学園一年生
松平瞳子
リリアン女学園一年生
二条乃梨子
紅薔薇《ロサ・キネンシス》さま
小笠原祥子
黄薔薇《ロサ・フェティダ》さま
支倉 令

イラスト／ひびき玲音

マリア様がみてる

レイニーブルー

「ごきげんよう」

「ごきげんよう」

さわやかな朝の挨拶《あいさつ》が、澄みきった青空にこだまする。

マリア様のお庭に集《つど》う乙女《おとめ》たちが、今日も天使のような無垢《むく》な笑顔で、背の高い門をくぐり抜けていく。

汚《けが》れを知らない心身を包むのは、深い色の制服。

スカートのプリーツは乱さないように、白いセーラーカラーは翻《ひるがえ》らせないように、ゆっくりと歩くのがここでのたしなみ。もちろん、遅刻ギリギリで走り去るなどといった、はしたない生徒など存在していようはずもない。

私立リリアン女学園。

明治《めいじ》三十四年創立のこの学園は、もとは華族《かぞく》の令嬢《れいじょう》のためにつくられたという、伝統あるカトリック系お嬢さま学校である。

東京都下。武蔵野《むさしの》の面影《おもかげ》を未《いま》だに残している緑の多いこの地区で、神に見守られ、幼稚舎《ようちしゃ》から大学までの一貫《いっかん》教育が受けられる乙女の園。

時代は移り変わり、元号《げんごう》が明治から三回も改まった平成《へいせい》の今日《こんにち》でさえ、十八年通い続ければ温室育ちの純粋培養《ばいよう》お嬢さまが箱入りで出荷される、という仕組みが未だ残っている貴重な学園である。

季節は初夏。

衣替《ころもが》えをして制服も軽くなったというのに、晴れやかな気分になれないのはなぜ。

ため息の理由は、中間テストの結果などという、そんなわかりやすいものではない。もやもやとした影は見えるのだけれど、具体的に「これ」と断定できるほど確かなものでもなく。

一番近い言葉で表現するとすれば、「ただ、何となく」。

だから、尚更厄介《なおさらやっかい》なのだ。

一雨くるような予感の曇り空を見上げてため息をついている、そんな感じ。

雨は降るのか降らないのか。降るとすれば、それはいつ頃のことなのか。

いっそのこと、たった今大雨が降ってしまえばいい、なんて考えたりもする。

でも、静かに時の過ぎるのを待っていれば、もしかしたら雨雲はいつの間にか消えてしまうものなのかもしれないし。

はぁ。

同時にため息をつく三つの影。

こんな気持ちにさせるのは、大切なあの人なのだということはわかりきっていることだった。

ロザリオの滴《しずく》

ハッカ飴《あめ》

1

始まりは、些細《ささい》なことだった。祥子《さちこ》さまの軽い一言だったかもしれない。

「ねえ志摩子《しまこ》、いつ乃梨子《のりこ》ちゃんを連れてくるの」

「はい?」

訳もわからず、志摩子は聞き返した。教師にあてられて、その質問の意味を理解できなかった時と同じような声の調子だったように思う。

「乃梨子、って聞こえましたが、あの——」

湯沸かしポットから噴《ふ》き出す蒸気に気をつけながら、志摩子はティーカップを持ったまま振り返った。

「ええ、間違いなく言いましたよ。付け加えるなら、志摩子に尋《たず》ねているわけだから、この場合の『乃梨子ちゃん』とは二条《にじょう》乃梨子のことよ」

機嫌がいいのか悪いのか。祥子さまはご丁寧《ていねい》に先回りして話を進める。自分の中ではすでに結論の出た話を、言い渡しているだけのような口振りだ。

「乃梨子が、何か」

乃梨子についての話であるなら、志摩子にとってまるで見当がつかないというものでもなかった。

いや、むしろ予想はついている。けれど、それに対する答えらしきものの準備が、未《いま》だ出ていないから困るのである。

いつもと変わらない昼休みだった。

志摩子と同学年のつぼみ《ブゥトン》の二人はまだ顔を見せておらず、ここ薔薇《ばら》の館《やかた》にはその名を冠した三人の薔薇さまだけがいた。

三人とも、どちらかというと自分から積極的にしゃべる方ではなく、また、会話のない空気を居心地悪いと感じることもないので、言葉をひとことふたこと交わしただけで沈黙に身を委《ゆだ》ねるのは別に今日に限ったことではない。

中庭に面した窓からは、フォークソング部の奏《かな》でるギターの心地いいメロディーが流れ込んでいた。令《れい》さまは新刊の文庫本を読み、祥子さまは生徒手帳に何か書き込みをし、志摩子は湯沸かしポットのランプが保温に切り替わったので、ティーカップに手を伸ばした。

そんな中で発せられたのが、紅薔薇《ロサ・キネンシス》さまである小笠原《おがさわら》祥子さまの先の一言であった。だから志摩子にとって、それはフェイント以外の何ものでもない。

「だから、いつ薔薇の館に連れてくるのか、って聞いているのよ」

祥子さまは、生徒手帳を閉じてポケットに戻した。

「薔薇の館に、ですか」

確認しながら志摩子は、二人の薔薇さまに背を向ける形で作業を再開した。

三人分のカップにお湯を注ぎ、ティーバッグ二つを泳がせる。

白いカップの中で、お湯がじわじわと赤い色に染まっていくのをぼんやりと眺めた。

乱暴なお茶の入れ方だが、祥子さまが「それでもいいから早くして」とリクエストしたので従ったのだ。四時間目が体育だったから、味わうよりも喉《のど》を潤《うるお》すことを優先したいらしい。

六月に入って、季節は梅雨《つゆ》前のいい気候だった。体育の授業後でなくても、このところ水やお茶がおいしく感じられる。

祥子さまは待ちきれないというように、ティーバッグを引き上げた側からカップを持っていった。

「薔薇の館に決まってるでしょ。他にどこへ連れていけというの」

仏像の展覧会《てんらんかい》にだったら、という言葉を志摩子は飲み込んだ。あまり気の利《き》いた冗談ではないような気がしたのだ。

「志摩子。祥子はね、彼女をちゃんと仲間に紹介しなさいと言っているのよ。わかるでしよ?」

黄薔薇《ロサ・フェティダ》さまである支倉《はせくら》令さまが二人の間に入って、かみ砕くように説明した。彼女も祥子さまと同じ、三年生だった。

「わかる? ……ええ、でも」

志摩子は自分の分のカップを持って、空《あ》いている席に着いた。

「あなたの妹なら、白薔薇のつぼみ《ロサ・ギガンティア・アン・ブウトン》になるのよ。ただの一年生とは違うの」

あなたの妹。白薔薇のつぼみ《ロサ・ギガンティア・アン・ブウトン》。ただの一年生とは違う。——祥子さまの一言一言が、志摩子の心のどこかに小骨のように引っかかった。

「何、志摩子? 何か言いたいことでもあるの?」

紅茶を飲み干してから、祥子さまが眉《まゆ》を上げた。だから、「ええ」とうなずく。今誤解をとかなければ、ずっと小骨が刺さったままになってしまう。

「あの……、乃梨子は、私の妹というわけではないんですけれど」

ふんふんと軽く聞いていた令さまは、不運にも紅茶を飲まんとカップに口を付けていた瞬間だったものだから。

ブッ!

次の瞬間、誰にも真似《まね》できないほどの見事な紅茶しぶきを、水芸のごとく口から噴《ふ》き出した。

「うそっ。じゃ、じゃ、じゃ、じゃあじゃあロザリオは⁉」

「渡していません」

志摩子が答えると、今度は祥子さまが。

「……誰も信じなくってよ」

少し顔をしかめながら、白いレースの飾りがついたハンカチをポケットから取りだして、顔や髪を押さえた。不幸にも令さまの前の席に着いていたために、紅茶（ダージリン）のシャワーを直撃されてしまったのだ。しかし、そのような凄《すさ》まじい事故に巻き込まれても、動じないのは立派である。さすがお姫さま。

「信じない……。そうですか」

「そうですかじゃないわよ。何ぐずぐずしているの」

「ぐずぐず……」

そんな風に形容されることは滅多《めった》にないので、志摩子にはその言葉は少し新鮮だった。

自分は本当にぐずぐずしているのだろうか。確かに、先日のマリア祭で、新入生全員の前で乃梨子とさらし者になってしまってからこっち、各方面に誤解が生じているのは確かなようだったが。

「マリア祭からどれくらい経《た》ったと思っているの？　約半月よ。六月に入って衣替《ころもが》えも済んだというのに、あなたはいったい何をやっていたのよ」

祥子さまは反《そ》り返って胸を張った。

衣替えといっても、色やデザインが大きく変わったわけではない。生地《きじ》が薄地になって、半《はん》袖《そで》も選べる、それくらいの違いだ。リリアン定番のアイボリーのカラーや、ローウエストの黒いワンピースは季節が替わろうとも健在なのだ。

ちなみに今薔薇の館の二階にいる薔薇さまと呼ばれる三人は、全員長袖の夏服を着用している。

一見すれば、今までと同じ。でも、どこか違う。

志摩子と乃梨子の関係も、それに近かった。マリア祭を機に、二人の関係はオープンになった。しかし、目に見えるような進展などない。仲のいい二年生と一年生。それがありのままの姿だった。

けれど周囲の人間は、二人にそれ以上の期待をしていたらしい。

「乃梨子を、仲間に加えることをお望みですか」

「何言ってるの？　私たちの意向を聞いてみないと、決められないわけ？」

祥子さまは面倒《めんどう》くさそうな表情で、長い黒髪を肩に跳《は》ね上げた。

「じゃ、聞くけど。志摩子、あなたは二条乃梨子以外に妹にしたい人物がいるっていうの？」

「……」

「乃梨子ちゃんが一番なんでしょ」

令さまも重ねて問う。志摩子は、「一番」という意味がよくわからなくなってきた。一番親しみをもっている一年生は誰かと問われれば、確かに乃梨子だ。だからといって、即妹に結びつけるという考え方にも、どこか抵抗が残った。

「何心配しているの。乃梨子ちゃんなら、大丈夫よ。うちの祐巳《ゆみ》なんかに比べれば、余程《よほど》しっかりしているし。誰も反対はしないでしょう」

成績とか度胸とか、そういうもののことを言っているらしい。しかし祐巳さんには、他に誰も持ち得ない魅力があった。それを知っているからこそ、祥子さまは彼女を妹に欲したに違いないのだ。

「別に乃梨子ちゃん以外を連れてきてもいいけれど」

「つまり、私に早く妹を選べと?」

「山百合会《やまゆり》を磐石《ばんじやく》なものにするために、一日も早い白薔薇のつぼみ《ロサ・ギガンティア・アン・ブウトン》誕生が待たれているということかしらね」

わざと突き放すような言い方をして、祥子さまは挑発する。

「伝統だからね。耐えなさい」

そう言う令さまは、その「伝統」の洗礼を受けていなかった。自分が妹に選ばれた時も、前黄薔薇《ロサ・フェティダ》さまである鳥居江利子《とりいえりこ》さまが入学早々に声をかけたということだったし、由乃《よしの》さんを妹にするに至っては、それこそ何年も前から決めていたことを実行したにすぎない。

「もう少し考えさせてください」

志摩子は言った。

「いつまで？　できれば、夏休み前に決めてもらえたらありがたいけれど」

祥子さまは卒業された前紅薔薇《ロサ・キネンシス》さま、水野蓉子《みずのようこ》さまにだんだん似てきた。たぶん、あんな風になりたいと憧《あこが》れていたのだろう。

「まあまあ。祥子だって学園祭までのびのびにしていたじゃない」

令さまは、先代とは全然似ていない。我が道を行く、だ。

「のびのび、って失礼ね。二学期が始まるまで祐巳の存在を知らなかったのだから、仕方ないでしょ。それに、言いたくないけど、祐巳の前に誰かさんに断られたっていう苦い経験もあるし？」

祥子さまは、空のカップを差し出してお茶のお代わりを要求した。間違いなく「誰かさん」であるところの志摩子は、無言で新しいティーバックを開け、カップにお湯を注いだ。しかし、祥子さまのチクチクとした嫌味《いやみ》はすぐには収まらない。

「少なくとも私は、行動だけは起こしていてよ。なかなかロザリオをもらってもらえなかっただけで」

「そういえば、志摩子が聖《せい》さまの妹になったのも夏休み明けよね。二人は半年くらいぐずぐずしていた」

また、ぐずぐず。

「ああ。いわば、白薔薇の伝統なわけね?」

先に申し込みされた祥子さまのロザリオを断って聖さまを選んでしまった恨《うら》みだろうか、祥子さまは皮肉を込めて笑い飛ばした。

「でもね。言って置くけど、志摩子。一年も経《た》ってから乃梨子ちゃんを妹にする、というのはなしよ。そんな甘やかし、誰のためにもならないからね」

「はい」

見透《みす》かされている、と志摩子は思った。いや、自分の知らない心の中を透視《とうし》して、教えられたのだ。

以前、乃梨子とロザリオについて話をしたことがあった。その時志摩子は、まだ乃梨子にそれは必要ではないのではないか、そんな風に感じた。実際、口に出しても告げた。

それを聞いて、乃梨子はがっかりしただろうか。それとも、気が楽になっただろうか。

乃梨子が相応《ふさわ》しくないのではなく、まだその時期ではない。そんな気持ちだった。ならば、やはり一年生で白薔薇のつぼみ《ロサ・ギガンティア・アン・ブゥトン》となる負担が、自分に歯止めをかける一因なのか。

志摩子は、乃梨子に重い荷を背負わせたくなかった。ただでさえ、この学園に馴染《なじ》めない彼女にいずれは生徒の代表になれとはとても言い出せなかった。

自分と関《かか》わったせいで、乃梨子の高校生活を変えてしまうかもしれない。それは志摩子にとって、とても恐ろしいことだった。

だが乃梨子は、そのことについてどう思っているのだろう。

話を一方的に切り上げてしまったことを、今更《いまさら》ながら後悔した。自分たちはもっと、踏み込んで話す必要があるのかもしれない。

乃梨子にロザリオを渡す。

それは決して嫌なことではないのだ。

でも。

自分たちは、そんなものがなくてもつながっている。ロザリオ、姉妹《スール》、山百合会。言葉に置き換《か》えられていく度《たび》に、他人の口にのぼる度に、なぜだか二人の関係が最初とは別の形に歪《ゆが》められてしまうように思えてくる。

きっと、エゴなのであろう。言葉を変えるなら、単なるわがまま。けれど、こと乃梨子に関しては譲《ゆず》れない何かが行動を規制するのだと志摩子は悟っていた。

「遅くなりました!」

祐巳さんと由乃さんが、バタバタと部屋に入ってきた。彼女たちのクラスは四時間目に教室移動があって、その関係で遅れたらしい。

「走らなくてもいいのよ」

息を切らし、うっすらと額《ひたい》に汗をにじませる妹を見つめる、祥子さまと令さまの瞳《ひとみ》は穏《おだ》やかでやさしかった。

彼女たちを見ていると、もう一歩が踏み出せない自分を情けなく感じる。ロザリオを通して姉妹となった祥子さまと祐巳さんの関係は、あんなにも純粋で美しく見えるのに。

ロザリオの授受を行っても、以前と変わらないいい関係を続けている令さまと由乃さんの例もあるのに。

言葉が阻《はば》んでいるのではない。ロザリオが悪いのでもない。それはきっと、自分の中の気持ちの問題なのだ。

「志摩子」

祥子さまが視線を投げた。

「もし嫌じゃなかったら、乃梨子ちゃんに時々手伝いにきてもらったら?」

「大丈夫。だからといって、無理矢理姉妹にさせたりしないから」

令さまも目を細めた。

「……」

志摩子は、即答できなかった。

誰の妹でもない乃梨子を、薔薇の館に出入りさせる。

それではまるで、一年前の自分と佐藤《さとう》聖さまの軌跡《きせき》をなぞるようなものではないだろうか。

2

放課後の一年椿《つばき》組の教室の前に、一輪の白薔薇《しろばら》が咲いている。

清掃にあてられている時間からかなり経《た》っているので、廊下《ろうか》にいる生徒の姿はまばらだった。それでも佇《たたず》むその人の姿は人目を引くらしく、通りすがりや偶然一年椿組の教室内に居合わせた生徒たちは、さりげなく、あるいは堂々と彼女を観察してはため息をついたりするのである。――何といっても、生白薔薇《なまロサ・ギガンティア》さまなわけだから。

志摩子《しまこ》はそんな視線にも気づかずに、廊下の窓から外の景色を眺《なが》めていた。木々は、日々緑を増していた。

雲が、少し厚くなってきただろうか。一雨来るかもしれない。

いつ雨が降ってもおかしくない季節。志摩子が手にした鞄《かばん》の中には、折り畳み傘が入っていた。

「志摩子さん?」

呼ばれて顔を向けると、そこには待ち人が立っていた。市松《いちまつ》人形のように真《ま》っ直《す》ぐ切りそろえられた前髪の下で、乃梨子《のりこ》の目は少し驚いているようだった。

「どうしたの?」

「別にどうもしないけれど。乃梨子さえよければ、一緒に帰ろうと思って」

しかし志摩子が一年椿組に来てみたら、一足違いで乃梨子は教室を出ていったところだった。一年椿組の生徒に乃梨子の鞄《かばん》が残っていると聞いたので、じき戻ってくるだろうと廊下で待っていたのだ。

「帰る帰る。わ、嬉《うれ》しい」

手放しに喜ぶものだから、志摩子は苦笑した。

「用事は？　もう済んだの？」

「え？　用事？」

乃梨子は考えるようにちょっと立ち止まり、それから、

「ないない。瞳子《とうこ》にしつこくされて逃げ回っていただけだから」

と、手を振りながら教室の中に戻っていった。

「あわてないで」

廊下に残された志摩子は、おかっぱ頭を弾《はず》ませる少女の後ろ姿に声をかけた。元気な乃梨子を見ていると、自然に頬《ほお》が緩《ゆる》む。

最初は少し心配したけれど、乃梨子はちゃんと学園生活に順応《じゅんのう》しているようだった。

そうだ。彼女は、自《みずか》ら垣根《かきね》を作ってしまっていた、一年前の自分とは違うのだ。遠慮なしに言葉を交わし合える友人を得て、積極的に外に向かい心を開いているように見える。

よかった、志摩子は素直にそう思う。

しかし、ホッとしているのに、なぜだか心の片隅にほんの少し残る、砂埃《すなぼこり》のような寂《さび》しさ。小さいハッカ飴《あめ》を口に含《ふく》んだ時のように、甘く冷たい風が身体《からだ》のどこかで巻き起こった。

「……『瞳子』ですって」

何気なくつぶやいた、独《ひと》り言《ごと》に。

「お呼びですか？」

答える声があって、志摩子は思わず胸を押さえた。

「ごきげんよう、白薔薇《ロサ・ギガンティア》さま。あら、まあ、驚かせてしまったみたい」

振り返ればそこには、果たしてその名をもつ瞳子ちゃんがトレードマークの縦《たて》ロールを揺《ゆ》らしながらほほえんでいる。

「ごめんなさい、考え事をしていたものだから……。ごきげんよう、瞳子ちゃん」

多少動揺したものの、志摩子はすぐに落ち着いて挨拶《あいさつ》を交わした。松平《まつだいら》瞳子ちゃんは乃梨子のクラスメイトで、祥子さまの遠い親戚筋《しんせきすじ》にあたるというお嬢さんだった。

瞳子ちゃんと向かい合ってみても、別に嫌な気持ちにはならないのが志摩子には不思議だった。乃梨子が瞳子ちゃんの名前を口にした時に感じた切ない思いは、だから瞳子ちゃん個人に向けられる嫉妬心《しっとしん》ではないようだ。

志摩子がそのようなことを考えているなどとは思いも寄らないだろう瞳子ちゃんは、無邪気《むじゃき》にまくし立てた。

「聞いてください、白薔薇《ロサ・ギガンティア》さま。乃梨子さんたらひどいんですよ。いくら勧《すす》めても、クラブ活動の見学すらしないんですもの。私もつき合ってあげるから、って誘っても逃げ回ってばかり。それじゃ解決しないんだって、白薔薇《ロサ・ギガンティア》さまからも言ってやってください」

「クラブ?」

志摩子が聞き返した時、

「ひどいのはどっちよ」

ちょうど乃梨子が鞄を抱えて戻ってきた。

「瞳子、やめてよ。志摩子さんまで巻き込むの」

鬱陶《うっとう》しそうにつぶやきながら、乃梨子は瞳子ちゃんの頭を軽く小突《こづ》いて脇《わき》に退《ど》かす。その様子を見ていた志摩子は、胸が微《かす》かに締めつけられた。

また、だ。また、どこかでハッカの風が吹いている。

「乃梨子、クラブに入るの?」

尋《たず》ねると乃梨子は、ブンブンと首を横に振って否定する。

「そんな気、全然ないの。ただ、誘われているだけ。みんな私をどうにか学園に馴染《なじ》ませようと躍起《やっき》になっているみたいなんだなぁ。私は別に気にしてないんだけど。何て言うのかな、世話焼きが趣味みたいな人たちって、どこにでもいるよね」

するとすかさず、世話焼きの筆頭《ひっとう》であろう瞳子ちゃんが、横からしゃしゃり出てきて言った。

「瞳子は演劇部で、あとは文芸部やテニス部、聖書朗読部からもお誘いがあるんですぅ」

「聖書朗読？」

思わず、志摩子に笑いが漏《も》れた。仏像愛好家の乃梨子をつかまえて聖書を朗読させようとは、すごいクラスメイトがいるものだ。

「まったくね」

乃梨子も笑いながら首をすくめた。

カトリックを信奉《しんぽう》している寺の娘と、不本意でリリアンに通っている仏像愛好家。正反対のようで、似ている。一見遠いようで、しかし深い部分では強くつながっている。

この関係は、いったい何なのだろう。志摩子は時々考える。それは、お姉さまであった佐藤《さとう》聖《せい》さまとの関係とはまったく別もののように思えることもあれば、重なる部分が多々あるように感じることもあった。

「長いようで短い高校生活。勉強以外にも、打ち込める何かがあってもいいと思いません？なのに乃梨子さんたら、大きなお世話とか何とか言ってさっぱり聞く耳持たないんです。別に演劇部じゃなくてもいいんです、箏曲部《そうきょくぶ》でも卓球部でも書道部でも手芸部でも、何でも構わないんです」

瞳子ちゃんは拳《こぶし》を握り、力一杯熱弁した。

「そうは思いませんこと？　白薔薇《ロサ・ギガンテイア》さま」

話を振られて、志摩子は小さく笑った。

「部活動をしていない私の言葉に、説得力はないわ」

「あら、白薔薇《ロサ・ギガンテイア》さまの場合は山百合《やまゆり》会でお忙《いそが》しいですもの。その上、委員会活動もされているし」

瞳子ちゃんは胸の前で指を組み、小首を傾《かし》げてしなを作った。

「それとも、乃梨子さん。何か別の活動に時間をとられる予定がおありだから、部活に入るのを見送っていらっしゃるのかしら」

「えっ――」

瞳子ちゃんの言葉に、志摩子と乃梨子は絶句した。一瞬だけ目と目が合っただろうか。しかし見てはいけない物にそうするように、すぐに目をそらし、確かに耳にしたはずの言葉を聞こえなかったことにしてしまった。――開きかけた玉手箱《たまてばこ》の蓋《ふた》を、黙って閉じたのだ。

そんな二人の様子に気づいているのかいないのか、瞳子ちゃんは背中を向けるような体勢で、指を組んだまま両手を上にあげて思い切り伸びをした。

「さて、そろそろ瞳子も部活行こーっと。早くしないと発声練習終わっちゃうしー」

その場の空気を勝手にかき混ぜ、自称女優は舞台の袖《そで》に一人退場していってしまった。フォローもなしで残された志摩子と乃梨子はというと。

「帰りましょうか」

「ええ」

気まずい雰囲気《ふんいき》の中、黙々と昇降口目指して歩き出すしかなかった。

廊下や教室で、二人の様子を息を詰めて見守っているギャラリーの視線から、まずは逃げなければならなかったから。

3

こんな沈黙、いつかあった。

そうだ。小寓寺《しょうぐうじ》を訪ねてきた乃梨子《のりこ》を送るためバス停まで歩いた、あの時の空気によく似ている。無駄《むだ》な言葉を排除した結果ではなく、必要な言葉を互いに隠した重く苦しい沈黙。

玉手箱の蓋は閉じたのだけれど、煙は少しだけ漏《も》れてしまっていたのだ。

漂う煙をつかまえて元に戻すことは、不可能に近い。わずかな煙であるにもかかわらず、それはしぶとくその場に留《とど》まり、時間とともに息苦しさをもたらし、そして無視できないくらい二人を追いつめていった。

「あの」

重苦しい空気に堪《こら》えきれなくなって、二人はほぼ同時に声を出した。マリア像の前だ。

「志摩子《しまこ》さんどうぞ」

「いえ、乃梨子から」

志摩子は乃梨子に先を譲《ゆず》った。確かに何か言おうとしたのだが、すぐにはうまく言葉に置き換《か》えられそうもなかった。祥子《さちこ》さまや令《れい》さまの言葉に加え、瞳子《とうこ》ちゃんのさり気ない一言が頭の中でグルグル回って収拾がつかない。

「じゃ、私から」

乃梨子はまず、小さく咳払《せきばら》いをしてから言った。玉手箱《たまてばこ》の蓋《ふた》に、先に手をかけたのだ。

「えっとですね。瞳子が変な勘《かん》ぐりしてたけれど、あまり気にしないで。別に、私そういうつもりで部活動しないわけじゃないから」

「……そういうつもり?」

「瞳子のあれは、被害妄想《もうそう》に似た思い込みだから。つまり私が、将来山百合《やまゆり》会の仕事をするのを見越して、身軽でいようとしているとかなんとかいう話」

将来山百合会の仕事をする。それは、言うまでもなく、志摩子の妹になることと直結していた。

「乃梨子」

「あの、だから誤解しないで、ったら。私さ、入りたい部活動がないだけなの。だからいっそのこと、同好会でもつくっちゃおうかな、なんて。『仏像を観る会』とか、どう？」

「……そう」

「でもさ。私、高校三年間はガリ勉しようかなーとかも思っているんだ。リリアンに通いながら大学受験するの、結構大変らしいから」

乃梨子は焦《あせ》ると早口になる。志摩子はほほえんで、彼女の言葉が途切れるのを待ってから静かに聞いた。

「乃梨子。ロザリオ欲しい？」

すると乃梨子は、笑顔を消して首を横に振った。

「だって、志摩子さんは時期じゃないって言ったじゃない」

「そう思っていたけれど」

乃梨子が欲しいなら――、志摩子はその言葉を飲み込んだ。まだ自分自身で答えを出していないことだった。自分がわからないからって、結論を乃梨子に委《ゆだ》ねるなんてどうかしている。

「志摩子さん。誰かに何か言われたの？　私のことで」

「え？」

思わず、志摩子は聞き返した。乃梨子は勘がいい。それとも自分が、考えていることを無防備に顔に出してしまっているだけだろうか。

「私も、薄々感じてはいたんだけど」

乃梨子は言った。

「妹でもないのに、白薔薇《ロサ・ギガンティア》さまの近くにチョロチョロしちゃって。やっぱり、志摩子さんに迷《めい》惑《わく》かかってるよね。こうなることはわかっていたのに、ばかなんだなぁ私ったら」

「そんなことじゃないわ、乃梨子」

論旨《ろんし》が少しずれてきたので、志摩子はあわてて訂正《ていせい》した。この場には二人しかいないから、一人が暴走しかけたらもう一方が止めないととんでもない場所まで転がってしまいそうだ。しかし、乃梨子の早口は止まらない。

「いいの、気にしないで。私、ただでさえこの学校では変わり者だし、変な意味で目立ってるみたいだし」

「乃梨子」

「あ、ううん、決して志摩子さんがそんな風に私のことを見ているだなんて思っていない。だけど冷静に考えたら、学園の憧《あこが》れの生徒会長にあまりにも馴《な》れ馴れしくしすぎたみたいだし――」

「乃梨子！」

志摩子は少しお腹《なか》に力を入れて、名前を呼んだ。すると乃梨子は驚いたように肩を一度上下させ、やがて「はい」と小さく返事をしてから口を閉じた。しゃっくりを止める技のように、うまく決まった。

言葉を待っている乃梨子に、志摩子は告げた。

「私があなたのことそんな風に見ていない、って知っているあなたなら、私が私の意志であなたと一緒にいたいと思っていることだってわかるはずだわ」

「……志摩子さん」

「違う？」

「違わない。でも」

乃梨子は言葉を補《おぎな》った。

「でも、世界は二人だけで構成されているわけじゃないよ」

「そうね」

確かに乃梨子のいう通りだった。

乃梨子は大人だ。それに比べて自分は――、と志摩子は思った。理屈ではわかっていることなのだ。けれど、人目を気にして乃梨子と距離を置くなんて考えられないことだし、他人に言われたから乃梨子を妹にしようとも思えないのだ。

「志摩子さん？　困っていることでもあるの？」

マリア様にお祈りをして再び歩き出すと、乃梨子が尋《たず》ねてきた。やはり何かあったのではないかと気にしてくれているらしい。だから志摩子は、自分の感情を排除して、事務的にありのまま、今日あった「何か」について告げた。

「紅薔薇さまと黄薔薇さまが、一度薔薇の館にいらっしゃいって。乃梨子をお誘いになっているのよ」

「えーっ」

乃梨子は、あからさまに嫌な顔をした。マリア祭の一件で悪役に徹《てっ》していた山百合会幹部には、あまりいい印象がないのかもしれない。下手《へた》に近づけばまた騙《だま》されてしまうかもしれないと警戒するのは、生きていく上で正しい感覚だ。

「乃梨子さえよければ、いろいろ手伝って欲しいんですって」

「……ボランティア、ってこと?」

「そうね。ボランティアかしら」

志摩子は笑った。乃梨子は「暇《ひま》な人間がスカウトされた」くらいに考えているらしい。

「でも。志摩子さんはそれでいいの?」

やはり、迷いが顔に出ているのだろうか。乃梨子が、すかさず確認を入れてきた。志摩子は苦笑して答えた。

「嫌なら、あなたに伝える役を断っているわよ」

「そうか……、うん、そうだよね。わかった、考えておく」

マリア様が二人の姿を見送っていた。

前途多難を憂《うれ》うかのように。

それが、六月の第一週の金曜日のことだった。

4

その瞬間、志摩子《しまこ》はひそやかなため息すらつけずに動向を見守っていた。

「二条乃梨子《にじょうのりこ》です」

「ごきげんよう。薔薇の館にようこそ」

マリア様の前で話をしてから三日経《た》った月曜日の放課後、乃梨子は薔薇の館に招かれた。彼女が来るということで、呼び出した祥子《さちこ》さま令《れい》さまだけでなく、祐巳《ゆみ》さんや由乃《よしの》さんの姿もある。薔薇ファミリーが勢揃《せいぞろ》いして、客人を出迎えたわけだ。

志摩子は知っていた。令さまはこのためわざわざ部活を休んだのだし、由乃さんと祐巳さんは昼休みにこの部屋の掃除を念入りにしていたことを。

皆が、乃梨子を気持ちよく迎えようとしている。それが伝わるだけに、志摩子の心は複雑だった。この先、姉妹の契《ちぎ》りを結ぶかどうかなんて、まだわからない。迷いの堂々巡《どうどうめぐ》りから抜け出す糸口を見つけられるものならと、乃梨子を薔薇の館に連れてきただけだ。

去年の秋、突然この館に現れた祐巳さんが、すんなりとその場に溶け込んだように、乃梨子が仲間に馴染《なじ》んだのならばそうするべきだと思えるかもしれない。そんな期待が、多少はあった。

双方の対面はもっとギクシャクするものと思われていたが、ビスケット扉を開けて互いに挨《あい》拶《さつ》を交わすところまでは、無難にクリアした。

「乃梨子ちゃん、こちらの席にいらっしゃいな。飲み物は紅茶でいいかしら」

祥子さまは最上級のほほえみを振りまき、乃梨子を手招く。

「いえ、結構です。私はお手伝いにきたのですから」

無愛想《ぶあいそう》に辞退する乃梨子を見て、志摩子は頭がクラクラした。

乃梨子の言葉に裏表はなく、思った通りを口にしただけなのだが、彼女のことをよく知らない人間には反抗的に映らないとも限らない。

「まあ……」

案《あん》の定《じょう》、祥子さまは少し驚いたような表情を作っている。しかしすぐさま令さまが現れて、その場の空気を一蹴《いっしゅう》するかのような明るい声で言った。

「だめだめ。乃梨子ちゃんは今日一日はお客さまなんだから」

後ろから肩を抱いて乃梨子をテーブルまで連れていき、有無《うむ》を言わせず祥子さまの隣の席に着かせた。鮮やかなお手並みだった。

「日常の雑事なんかはおいおい覚えてもらうことにして、今日は私たちの話し相手になって頂《ちょう》戴《だい》。あ、祐巳ちゃん。とびきりのお茶入れてくれる?」

すでにスタンバイしていた祐巳さんに手を上げると、令さまは自らも椅子《いす》を引いて腰かけた。丁度《ちょうど》、紅薔薇《ロサ・キネンシス》さま黄薔薇《ロサ・フェティダ》さまで乃梨子を挟むような形になる。

「はい」

祐巳さんが元気よく返事をした。由乃さんもサポートをして、程《ほど》なく六つのカップに紅茶が注《そそ》がれた。

三日前の即席ティーバッグティーとはまるで違う。一つ一つの手順を丁寧《ていねい》にこなし、ティーポットの中で茶葉をちゃんと踊らせたご褒美《ほうび》は、たち上る上品な香り。お客さま用の、よそゆきのお茶が出来上がった。

「志摩子。何突っ立っているの？　座ったら」

「あ、はい」

祥子さまに注意され、志摩子はあわてて着席した。すでに祥子さまの隣に由乃さん、令さまの隣に祐巳さんが座っていたから、乃梨子の正面に座る形になった。言い換《か》えれば、一番遠い場所でもある。

「乃梨子ちゃん、お砂糖やミルクは？」

祐巳さんが、スティック状のシュガーとクリームの入った籠《かご》を乃梨子に差し出した。

「乃梨子、どうなの？　お砂糖やミルクはいるの？　いらないの？」

言葉が通じない人同士を引き合わせたわけではない。だが志摩子は、つい通訳のように乃梨子に呼びかけてしまった。

「あ、結構です」

当たり前だが、乃梨子は志摩子を通さず、祐巳さんに向かって直接言葉を返した。

「おいしいです」

乃梨子はストレートで紅茶を飲んだ。祐巳さんはスティックシュガーとクリームを入れ、由乃さんはクリームを二つ入れ、紅茶をベージュ色にしてから口にしていた。

志摩子もカップに口をつけた。味のことはなぜかよくわからなかった。ただ、無性にのどが渇《かわ》いていた。

けれどその渇きは、カップ一杯分の紅茶をのどに流し込めば足りるものではなく、その液体が食道を通り胃を温めようとも志摩子を満たしてはくれない。

スースーと、胸の中に冷たく甘い風が吹いている。この感覚を、いったい誰にわかってもらえるだろう。

「まあ、それは本当?」

華《はな》やかな笑い声に、志摩子は我に返った。

会話は淀《よど》みなく流れていた。どちらかというと祥子さまや令さまが質問をし、乃梨子が答えるといった形になりがちだった。

リリアンの生活にはもう慣れて?

どんな科目がお好き？

学園で困ったことはあって？　――等々。

薔薇《ばら》の館《やかた》は、完全に薔薇さまたちのテリトリー。新参者《しんざんもの》に質問が集中するのは、避けようのないことだ。

「乃梨子ちゃん、ご家族は？」

祥子さまが尋《たず》ねる。

「お父さまはどんなお仕事についておいでかしら？」

学園生活に関することを一通り聞き終えたのか、質問は私生活にまで及びはじめた。

「家族、ですか」

一瞬だったが、乃梨子が怪訝《けげん》な表情を浮かべたように見えた。だから志摩子は、思わず代わりに答えてしまった。

「あ、乃梨子は今、大叔母《おおおば》さまのお宅にお世話になっているんです。実家が千葉《ちば》で、通うには遠くて、それで」

「……あなたが返事してどうするの」

令さまに指摘され、志摩子は少し落ち込んだ。自分は、何を一人で焦《あせ》っているのだろう。それに引き替え、乃梨子は落ち着いたものだった。

「父は公務員で、母は教師です。妹が一人います」

質問されたことに対し、過不足なく答える。まるで日本語講座の、模範《もはん》解答を見ているようだ。

「ご両親のもとを離れての生活では、寂《さび》しいでしょう?」

「ええ。でも大叔母もリリアン出身ですから、昔の思い出話などを聞けてとても楽しいんです。歳《とし》は離れていますが、友達みたいな関係とでもいいましょうか」

「まあ、お友達！　とても素晴らしいわ」

「恐れ入ります」

優雅にほほえむ少女たちを眺《なが》めているうちに、志摩子は頭にのぼった血がスーッと下がっていくのを感じた。――これはいったい、何なのだろう。

笑顔の上に笑顔を重ねて、彼女たちは何もない場所に共同で何かを作り出そうとしているかのように見える。

冷静に考えてみれば、あの『マリア祭の宗教裁判』の仕掛け人である紅薔薇《ロサ・キネンシス》さま黄薔薇《ロサ・フェティダ》さまともあろう方々が、乃梨子の個人情報を未《いま》だ入手してないわけがない。家族のことも、現在の生活環境にしても、すべてわかった上で質問している、そう考えるのが自然ではないだろうか。

ならば、これはプロセスなのだ。

手順《プロセス》――?　いったい、何のための?

いったい、自分たちはどこに向かおうとしているのだろう。

「ああ、それは飛鳥《あすか》や白鳳《はくほう》のものによく見られる特徴《とくちょう》ですね」

乃梨子は出血大サービスで、とうとう仏像の解説まで始めてしまった。

「仏像も、そうやって観ると奥が深いのね。勉強になったわ」

張りぼてのように、笑顔がどんどん重ねられていく。

その笑顔に塗り固められて、志摩子は動けなくなってしまいそうだった。

レインドロップ

1

「どうしたの、志摩子《しまこ》さん?」

気がつけば、志摩子は中庭にいた。

「……ああ、蔦子《つたこ》さん」

気づかせてくれたのは、一年生の時に一緒の教室で学んだクラスメイトである。

「お邪魔《じゃま》?」

「いいえ」

志摩子は首を横に振って、快《こころよ》くその場に招き入れた。

水曜日の朝。

いつもより早く登校してしまったから、中庭に立ち寄って、ただ、ぼんやりとしていただけだった。

考え事をしていると、いつもそうだ。周りのことに気を配る余裕がなくなって、独《ひと》りきりの世界に埋没《まいぼつ》する。自分では壁を作っているつもりはまったくないのだが、結果的に寄せつけない雰囲気《ふんいき》を生み出しているらしい。

「深いため息をついていたわよ」

「そう」

「そんな顔も悪くないけどね――」

言いながら蔦子さんは、フラッシュを光らせた。

写真部の彼女は、いつでもカメラを手にしていて、気が向けばこうやってやたらにシャッターを切る。

「こういう志摩子さんの方が、見ていて楽しい」

蔦子さんはスカートの横のポケットに手を突っ込み、写真の束を取り出すと、中から一枚抜き取って差し出した。

「あまりにいい顔していたから、思わず隠し撮りしちゃった。嫌じゃなかったら、そのスナップもらってちょうだい」

そこに写っていたのは、志摩子が今まで見たこともなかった自分の顔だった。大口開けて笑っている無防備な姿だったが、蔦子さんが言うように間違いなく「いい顔」だった。

「ありがとう」

確かに近頃、こんな風に心の底から笑っていない。志摩子は空を仰《あお》いだ。半月か十日か、そそれくらいしかまだ経《た》っていないというのに、過去の自分を懐《なつ》かしむことがあるなんて不思議だった。

「この後ろ姿の、おかっぱの一年生……、えっと」

「乃梨子《のりこ》？」

「そう、乃梨子ちゃん。あの子、いいわね」

　蔦子さんはカメラを構えて志摩子に向けた。

「被写体として？」

　カシャ。

「それもいいかもしれないけど、私が注目しているのはレフ板《ばん》としての価値ね」

「レフ板？」

　カシャ、カシャ。志摩子が拒否しないから、蔦子さんは撮り放題だ。

　初夏を彩《いろど》る花々の美しいこの庭は人気があって、曇天《どんてん》であっても、花壇《かだん》を巡る小道などには朝の散歩を楽しむ生徒たちの姿がたくさん確認できた。彼女たちはにわかに始まった白薔薇《ロサ・ギガンティア》さまの撮影会に気づくと、時に足を止め、遠巻きに眺《なが》めたりしながら、また花の中を行き交った。

「ほら、撮影の時、人物に光をあてる鏡みたいな板あるでしょ？　あれよ」

　カメラを顔から外して、蔦子さんは言った。

「藤堂《とうどう》志摩子に光をあてる、という意味」

「光――」

何て的確な表現なのだろう、と志摩子は感動した。乃梨子は、光だ。志摩子を照らし、温め、輝かせてくれる、そんな存在だった。

「でも今は曇っている。まるで今日の天気のよう。……何かあった？」

「何か、って」

言いあぐねていると、蔦子さんは思いついたように笑った。

「そっか。私に相談するくらいだったら、祐巳《ゆみ》さんや由乃《よしの》さんにするわね」

「そんなこと。蔦子さんだって頼りになる友人だわ」

志摩子はあわてて首を横に振った。

武嶋《たけしま》蔦子さんは同級生の中でも大人びたところがあるから、相談事をする相手として申し分なかった。今だってたぶん、たまたま見かけた志摩子の様子が気になって声をかけてくれたのだ。彼女の気配りは、見逃してしまいそうなくらいさり気ない。今の志摩子には、蔦子さんのような踏み込まないやさしさが胸にしみた。

「ただ。わからないのよ自分でも。確かに今の私は曇っているの。でも、どうしたら晴れるのかわからない。乃梨子は私に光をあててくれる。以前だったら、それだけでよかったのだけれど――」

だから、祐巳さんや由乃さんには相談できないのだ。薔薇《ばら》の館《やかた》の中では、乃梨子と一緒に輝けない。そんなこと、山百合会《やまゆり》の仲間を否定するようで言えるわけがない。

乃梨子を薔薇の館に招いたからには互いの架《か》け橋にならなくては、と思う。でも志摩子は、自分自身が混乱していて、やることなすこと空回りするばかりなのだ。

「ああ」

蔦子さんは軽く笑った。

「志摩子さん、やっぱり佐藤聖《さとうせい》さまの妹だわね」

「え?」

「同じ迷路にはまっちゃって」

どういうこと、とは聞き返さなかった。きっとその通りなのだろう、と志摩子には理解できた。

けれどお姉さまは、栞《しおり》さんとの失敗を二度と繰り返さなかった。片方の手で志摩子の手を握り、残りの手は宙に向かって真《ま》っ直《す》ぐ伸ばしていた。その先に待っているのは、仲間であり、社会であり、未来であるはずだった。

「私、たぶん不器用なのね」

「そう?」

「みんなに無理させているみたい」

先日の薔薇の館の一件を話すと、蔦子さんは「あらまあ」と愉快《ゆかい》そうにうなずいて言った。

「志摩子さんの気持ちはともかく。みんなが猫被《ねこかぶ》っているのは当然でしょ。深く考えすぎ」

「そうかしら」

「よく見せたいという願望は、相手に嫌われたくないという現れよ。無理じゃなくて、歩み寄ろうという努力なの。別に悪いことじゃないわ」

眼鏡《めがね》のレンズの向こう側で、蔦子さんの目がやさしく細められた。

「それより心配なのは、志摩子さんの方」

「私?」

「双方に気を遣《つか》ってると、疲れちゃうでしょ」

カシャ。

「蔦子さん、よく見えているのね」

「うん。私はカメラマンだから。シャッターを切るとき、心の中まで写したいと思っているのよ」

「怖いわね」

それで本当に心の中が覗《のぞ》けるものなら、人はこんなに悩みはしないだろう。

志摩子は戯《たわむ》れに左右の人差し指と親指を組み合わせてフレームを作り、そこから蔦子さんの顔を覗き込んでみた。しかし彼女はすぐにカメラで顔を隠してしまい、反対に志摩子に向けてシャッターを切る。

「志摩子さんにだから告白するけど、実は写されるの苦手なの」

「あら、どうして？」

自称写真部のエースが、写真嫌いだなんて信じられない。そういえば蔦子さんは、いつでも撮る側にいるせいか、写真の中に彼女の姿を見かける機会は少ない気がした。

「祐巳さんや由乃さんや志摩子さんを撮っているカメラでいたいのよ。そっちの世界は、見ているだけで、一緒に写りたくはないの」

カシャカシャと連続してシャッターが切られる。志摩子は正面を向いて、レンズの向こう側にいる蔦子さんと話をした。

「じゃあきっと、見えてはいても、答えはくれないのね」

「人間関係に正解なんてないわよ。もしかしたらどこかに模範《もはん》解答はあるかもしれないけれど、丸写しじゃつまらなくない？」

「……そうね」

予鈴《よれい》がなった。校舎に入る生徒たちの緩《ゆる》やかな流れに合わせて、二人も歩き出した。

「蔦子さん」

それぞれの教室へ向かう廊下《ろうか》の分かれ道で、志摩子は先を歩く蔦子さんを呼び止めた。

「どうして、私に苦手を教えてくれたの？」

「苦手？　ああ、写真に写りたくないって話？」

振り返って、蔦子さんは笑った。

「志摩子さんの顔を見ていたら、つい口を滑《すべ》って出てきちゃっただけ。祐巳さんたちには内緒よ」

フレームなしの眼鏡《めがね》をフラッシュのようにキラリと光らせて、背中を向ける。志摩子は心の中でシャッターを切った。

蔦子さんこそ、とても素敵な被写体だった。

2

木曜日の昼休み。

志摩子《しまこ》は薔薇《ばら》の館《やかた》に向かう廊下《ろうか》で、やはり目的地が同じ祐巳《ゆみ》さんと由乃《よしの》さんに出会った。

「あ」

互いに小さく声を上げただけで「ご一緒しましょう」などという会話もなく、ごく自然の流れで並んで歩く。そっけないかもしれないが、仲間なんてそんなものだ。いや、時間とともに、そんな関係になることができた。

紅薔薇のつぼみ《ロサ・キネンシス・アン・ブゥトン》と黄薔薇のつぼみ《ロサ・フェティダ・アン・ブゥトン》、そして白薔薇さま《ロサ・ギガンティア》は、それぞれお弁当箱を抱《かか》えて廊下を歩いていく。

高等部校舎では、比較的よく見られる光景だ。

「ご、ごきげんよう。お姉さま方」

一年生が、恥ずかしそうに挨拶《あいさつ》して走り去った。意を決して声をかけたといった様子だったのに、こちらが挨拶する前にいなくなってしまうなんて。

志摩子は振り返って、翻《ひるがえ》るセーラーカラーの白を目で追いかけた。

声をかけただけで、彼女は満足したのだろうか。遠巻きに眺《なが》め、会釈《えしゃく》をし、思い切って声をかける。それは、何とささやかな幸せであろう。

いつから自分は、ささやかな幸せだけでは満足できなくなってしまったのだろうか。

乃梨子《のりこ》がそこにいるだけではまだ足りない。薔薇の館に仲間として迎え入れられた時の、感謝の気持ちも忘れている。このままでは、どんどん傲慢《ごうまん》な人間になっていきそうで恐ろしかった。人間の欲望とは、こうも果てしないものなのであろうか。

「せーの。ごきげんよう。白薔薇《ロサ・ギガンティア》さま、紅薔薇のつぼみ《ロサ・キネンシス・アン・ブウトン》、黄薔薇のつぼみ《ロサ・フェティダ・アン・ブウトン》」

一年生の教室が並ぶ廊下では、こんな風に五人とか六人とかの集団が並んで待ちかまえていることも珍しくなかった。人数が多いとその分大胆になって、志摩子やつぼみたちを取り囲みいろいろ質問してくることもある。

紅薔薇《ロサ・キネンシス》さま　黄薔薇《ロサ・フェティダ》さまほどの貫禄《かんろく》はまだないけれど、つぼみたちにはそれに負けない若さと親しみやすさがあるから。廊下などで気軽に声をかけられるのも、志摩子が一人でいる時より由乃さん祐巳さんと一緒の時のほうが断然多かった。皆の期待通り、気さくに受け答えするものだから、ますます彼女たちの人気はあがるのだ。

しかし、今日は何かがいつもと違った。

「ごきげんよう、皆さん」

伏し目がちにほほえんで、積極的な一年生たちの前を通り過ぎていく由乃さんと祐巳さん。どうも今日はおしゃべりできる雰囲気《ふんいき》ではないと察《さっ》した少女たちは、前に出しかけた一歩を引っ込めて後ろ姿をうっとりと眺めたのだった。

「憂《うれ》いを秘めたつぼみ《ブゥトン》も素敵……」

志摩子の耳に、後輩たちのため息まじりのつぶやきが届いた。

「あの……、どうしたの」

心配になって尋《たず》ねた志摩子だったが、

二人に真顔で聞き返されて、一瞬怯《ひる》んだ。

「どうしたの、って?」

「えっと……、二人とも今日は静か?」

「静か?」

祐巳さんと由乃さんは、顔を見合わせた。

「そういや、由乃さん口数が少ないわね」

「祐巳さんこそ、何暗い顔してるの」

志摩子の場合は、たいがい静かなので誰も指摘しない。

「静かかしら」

「気のせいでしょ」

二人とも自分のことは否定してみせて、再び無言で歩きはじめる。

志摩子は、祐巳さんと由乃さんが子犬のようにはしゃいでいるのを見るのが好きだった。じゃれ合う二人の後を、ニコニコと笑いながらついていく。自分にない物をもっている二人に憧《あこが》れていた。

なのに、今日はやはり、祐巳さんも由乃さんもどこか元気がない。気のせいなどでなく、口も足どりも、何もかもが重かった。

中庭に出ると、同時に三人はため息をついた。

「何よ?」

由乃さんが立ち止まって、うんざりと言った。

「何、って由乃さんだって」

祐巳さんは唇《くちびる》を尖《とが》らせる。

「二人とも、何か悩み事でもあるの?」

志摩子も、一応尋ねてみた。しかし。

「ため息ついている人に、相談できるわけないじゃない」

由乃さんに、手厳しく指摘されてしまった。

「それに、ため息の種なんてそんなにいくつも転がってないわよ」

無言でうなずくところを見ると、祐巳さんも由乃さんとそう変わらない「種」を抱えているらしい。

由乃さんは、たぶん令《れい》さまのこと。

祐巳さんは、きっと祥子《さちこ》さまのこと。

大切な人のことだから、あれこれ考えてしまうのは仕方ないことなのだろう。

ため息の先には薔薇の館の入り口が、扉を開いて待っていた。三人は、並んで二階を仰《あお》ぎ見た。

「入ろうか」

「そうね」

いつまでも玄関でグズグズしているわけにはいかない。しかし志摩子は、中に入っていく友たちの後に続かなかった。

足もとを、暗い毛色のトラ猫が走り去った。

「志摩子さん?」

「ごめんなさい。ちょっと用事を思い出したの」

二人に叫んで、踵《きびす》を返した。

なぜだろう、突然、一人の人の顔が思い浮かんでしまったから。そうしたら、足が勝手に動き出してしまったのだ。

3

だからといって、会ってどうなるものでもないのだ。——志摩子は、昼休みの銀杏《いちょう》並木で立ちすくむ自分自身に苦笑した。

いつの間にかこんな場所まで来ていた。

低木の垣根《かきね》の向こうに、赤や黄色の原色が行き来して見える。目に鮮やかな私服の集団。並木道から一歩踏み出せば、そこはもう大学の敷地なのである。

少し、鼓動《こどう》が早くなった。ここから先は、間違いなく志摩子《しまこ》のお姉さまである佐藤聖《さとうせい》さまの学舎《まなびや》だ。

（けれど）

会ってどうなるものでもない。

蔦子《つたこ》さんの指摘通り、過去にお姉さまも志摩子と同じ迷路に迷い込んだかもしれない。でもそれを確認したところで、どうなるものでもないのだった。状況は何一つ変わりはしない。蔦子さんも言っていた。人間関係に正解はない、と。相手のあるものだから、同じパターンなど存在しないから。自分が悩んで、切り開いていくしか道はない。

志摩子は、目の前の大学校舎を仰《あお》ぎ見た。それは、弱い志摩子を見下すように、悠然《ゆうぜん》とそこにそびえているのだった。

(帰ろう)

こんな状態の自分が会いにいっても、困らせるだけだ。第一、突然思い立ってきたものだから、お姉さまが今どこにいるのかさえわからなかった。

大学生の一団が、狭い通用口のガラス戸を向こう側から開けて出てきた。志摩子はあわてて背中を向け、並木道を挟んだ高等部の敷地に駆け込んだ。

別に逃げることはなかったのに。

だが、七、八人の女子大生たちのはしゃぎ声が耳に届いた時、思ってしまったのだ。お姉さまも、こんな風に楽しそうに学生生活を送っているのかもしれない、と。そうしたら、もう志摩子はその場には居られなくなっていた。

桜《さくら》の季節が終わって、すっかり吹っ切れたと思っていた。けれど全然だめだった。はしゃぐ女子大生の中に、お姉さまの姿を見つけたわけではないのに。瞳子《とうこ》ちゃんの側《そば》にいる乃梨子《のりこ》を見た時と同じような感覚が、胸に押し寄せてきた。

図書館の煉瓦《れんが》の壁に沿って、高等部校舎に戻る。

（でも）

本当は、全然だめな自分でもいいから、一目お姉さまの姿を見たかった。ただ困らせるだけだとしても、話を聞いて欲しかった。

（お姉さまは、私を妹にした時、どうやってご自身を納得されたのですか）

どうなるものでもなくても、聞いてみたい。

お姉さまはきっと答えてくれるだろう。それは、志摩子にとっての正解ではないかもしれない。それでも想いが少しでも重なり合えるものなら、きっと満足できただろう。

こんな時、勢いでラストまで走りきれたらどんなにいいか。後先考えずにスタートしたものの、思い直して途中でストップをかけるなんて。中途半端も甚《はなは》だしい。

志摩子は苦笑した。

これが由乃《よしの》さんや祐巳《ゆみ》さんだったら、素直に会いに行けただろうに。いや。そもそも、彼女たちはこんな迷路に陥《おちい》ったりはしない。

お姉さまが卒業して、乃梨子が入学してきた。乃梨子は志摩子の心に空いた隙間《すきま》を埋め、支えになってくれもした。

でも、乃梨子のことを乃梨子には相談できない。同じ意味で、薔薇《ばら》の館《やかた》の住人たちにも相談できなかった。

高等部の校舎の中に入って、大きく息を吐《つ》いた。陽《ひ》あたりの悪い廊下《ろうか》は、誰かが雨を警戒して窓を締め切ったらしく、空気が淀《よど》んで息苦しい。

腕の時計を見ると、午後の授業が始まるまでまだ少し時間がある。

誰かに会いたい、そう思った。「白薔薇《ロサ・ギガンティア》さま」ではなく、名前で呼んでくれる親しい誰かの側にいたいと思った。

志摩子は、廊下が交差する地点で立ち止まった。目の前には二本の道が伸びている。一年椿《つばき》組へ伸びる道と、薔薇の館に続く道。

しかし、志摩子はどちらにも進めず、二、三歩後ずさりしてから二年藤《ふじ》組に向かって歩きはじめた。

どうしてもっと気楽にできないのだろう、そう思う。

しかし、もって生まれた性格というのは、なかなか修正することができないものなのだった。

4

薔薇《ばら》の館《やかた》の二階の窓から、志摩子《しまこ》は空を見上げた。

金曜日になっても、志摩子の心に晴れ間はやってこなかった。心の中の曇天《どんてん》はますます雲を増し、重い。天を被《おお》った梅雨《つゆ》入り直前の雨雲のように、いつまでもそこに居座って停滞《ていたい》している。

この雲を取り去れば、マリア様の心のような青空が本当に存在しているのだろうか。陽《ひ》はまだ高いはずなのに、まるで夕方のような暗さだった。今にも雨が降り出しそうだ。

「志摩子さん」

志摩子の密《ひそ》やかなため息を咎《とが》めるように、背後で乃梨子《のりこ》が名を呼んだ。今日は放課後、令《れい》さまと由乃《よしの》さんが来られないため、乃梨子に手伝いを頼んでいた。

学園祭に向けての準備が、もうすでに始まっていた。

実行委員会は別に設《もう》けられるとはいうものの、生徒会が負わなければならない領分も少なくない。今はまだコピーとりやアンケートの集計など下準備が主《おも》であるが、これから徐々に仕事が増えていくは必定だった。だから、人手は多ければ多いほどいい。

「なあに?」

志摩子はゆっくりと振り返って、乃梨子に尋《たず》ねた。

「お茶、入りましたけど……」

「ああ、ありがとう」

志摩子は窓辺から、ティーカップの置かれたテーブルへと移動した。志摩子の上履《うわば》きが床をかすかな音と、湯沸かしポットが蒸気を噴《ふ》き出す音だけが部屋に響く。

静かだった。

祥子《さちこ》さまと祐巳《ゆみ》さん、乃梨子そして志摩子。仕事が一段落した後の薔薇の館は、四人の人間がそこにいるとは信じられないくらいひっそりとしていた。

「乃梨子ちゃん」

不意に、祥子さまが長い黒髪を指で弄《もてあそ》びながら言った。

「その『志摩子さん』という呼び方ね、どうにかならないものかしら」

「は？」

乃梨子は驚いたように聞き返す。瞬時に、志摩子は「しまった」とあわてた。

「先輩のことは『さま』づけが基本よ。外では何と呼ぼうが構わないけれど、学園内では志摩子さま、もしくは白薔薇《ロサ・ギガンテイア》さまとお呼びなさい」

「あ、はい」

「まったく、こういうことは志摩子がちゃんと躾《しつけ》なければならないことよ。白薔薇《ロサ・ギガンテイア》さまは代々放任主義なのかもしれないけれど、後で恥をかくのは乃梨子ちゃんなのだから」

志摩子は、何も言い返せなかった。祥子さまの言っていることは、まったくもって正しいことだった。

祥子さまはたぶん、ずっと気になっていたのだろう。そしていつ直るのか様子をみていたものの、いつまで待ってもそのままなので堪《たま》りかねて言い渡したのだ。

わざわざ口に出させてしまったのは、志摩子のミスだった。

中学時代に生徒会に関《かか》わったことがあったという乃梨子は、事務的な仕事はほぼ完璧《かんぺき》にこなせた。親許《おやもと》を離れているせいかしっかり者だったし、ある程度の気配りもできる。だから志摩子は、油断してしまった。無難に仕事をこなす乃梨子に安堵《あんど》し、細かい注意を払わなかった。

そして、自分の心のわだかまりばかりに気をとられていたのだ。

「申し訳ありませんでした」

志摩子は頭を下げた。そうすることで、この話は一応決着するはずだった。しかし。

「あの、私のことはいいですけれど、志摩子さん……いえ、志摩子さまに飛び火するのはおかしいんじゃないですか。別に志摩子さまは、私のお姉さまというわけではないんですから」

乃梨子が椅子《いす》を立ちあがり、憤慨《ふんがい》しながら抗議した。

「乃梨子」

注意しようとあわてて立ち上がる志摩子を、祥子さまが手の平を向けて制した。止めるな、と言っているらしい。

「たとえ姉じゃなくても、お姉さまがいない下級生を導くのが上級生の義務なの。あなた方は親しいのでしょう？　姉妹でなくても、志摩子が注意して然《しか》るべきことだわ」

一言注意するだけで終わるはずだったのに、乃梨子の思いがけない反論が、祥子さまに火をつけてしまったようだった。

「乃梨子ちゃん」

祥子さまは余裕を見せつけるように優雅に立ち上がって歩み寄ると、軽く乃梨子の肩に触れた。

「不特定多数の上級生に注意されたくなかったら、さっさとお姉さまを見つけることね」

「大きなお世話です」

乃梨子は乱暴に肩を回して、祥子さまの白く美しい指を振り払った。

「大きなお世話ですって?」

刃向かわれれば、上級生としてのプライドから祥子さまだって後には退《ひ》けなくなる。また、他校から受験で入学してきた乃梨子には、リリアンの流儀《りゅうぎ》がまだ理解しきれていない。そのことが、事態をますますややこしくしているのだ。

祐巳さんもオロオロしていた。唯一《ゆいいつ》この場を収められる人がいるとしたら、それは令さまだろうが、あいにく今はここにいない。

「志摩子、ちょっと。黙っていないで、あなたからも注意なさい。この、何も知らない下級生に」

「えっ」

祥子さまに突然振られて、志摩子は固まった。――乃梨子に、自分が、何を注意しろ、と?

「だから、どうしてそこで志摩子さんを持ち出すんです。紅薔薇《ロサ・キネンシス》さま」

「ほら、また『志摩子さん』がでたわよ。乃梨子ちゃん」

「けんかしている時に、あげ足とらないでください」

「けんかじゃないでしょ。私は後輩の指導してるの。一年生のくせに、三年生と同列に並ぶつもり?」

ヒステリックに叫ぶ祥子さま。しかし、乃梨子も負けていない。

「くせに、って。たかだか歳《とし》が二つ違うだけじゃないですか」

「学生時代の二つは大きいの」

「年功序列反対!」

ふたりは噛《か》みつき合うのではないかと思うほど顔を接近させて、声を張り上げた。

「もう、やめて!!」

見ていられなくなって、志摩子は二人の間に割って入った。

「や・め・て……?」

祥子さまは、乃梨子に向けていた視線をゆっくりずらして、志摩子に合わせた。

「やめて、どうするの? 脱いだ猫の皮を被《かぶ》り直して、みんなで仲よくお茶でも飲めっていうの? ばかばかしい。止めたからには仲裁《ちゅうさい》しなさい。志摩子、あなたこの状況をどうやって収めてくれるの」

「それは——」

言葉に詰まった。止めたはいいけれど、その後のことまで考えていなかった。確かに、ただ言い合いを止めただけでは、何も解決できなかった。双方が納得するよう調整するのが、止めに入った者の役割だ。

だがそのためには、情に流されず公平にさばかなければならないだろう。妥協《だきょう》できないことを無理に納得させなければならない場合もないとはいえない。そんな難しいこと、志摩子にはとてもできそうになかった。

だから、代わりに頭《こうべ》を垂れて言った。

「……ごめんなさい」

「そこで、なぜ謝《あやま》るの？　仲裁できない、お手上げです、ってこと？」

そうじゃない、と志摩子は首を激しく振った。いや、それも決して間違ってはいないのだが、最初に「ごめんなさい」と謝ったのは別件だ。

「私が悪いんだ、って思って。私がしっかりしないから。祥子さまたちに心配かけているし、乃梨子にだって無理させてしまったのだし」

やはり、乃梨子を仲間内に入れるのは間違っていたのだ。いずれはこうなるという予感を抱えていながら、流されてしまったのは自分の罪だ。

それでも最初は、もしかしてうまくいくのではないかと期待したのだ。双方が猫を被って無理して作った張りぼての世界でも、時間が経《た》てばそれが本物らしく輝く日もくるかもしれない、と。

しかし急ごしらえの張りぼてならば、時間とともに亀裂《きれつ》が生じてきてもおかしくない。その亀裂は、たぶん崩壊へと向かう前兆《ぜんちょう》だった。

「確かにそうね」

祥子さまは、冷ややかにうなずいて言った。

「それで？」

「それで、……ですか」

「そうよ。それで？　今のは単に、自分の過《あやま》ちに気づいたって告白よね？　それでどうするわけ？　反省しただけじゃ、だめでしょ。今後は、どうやってしっかりするのか、どうやって私たちに心配かけないのか、どうやって乃梨子ちゃんに無理させないようにするのか、それを示していただけないかしら？」

「――示す」

祥子さまの要求は、複雑な数式を解くより難しいもののように思われた。皆に迷惑《めいわく》かけないためにはどうすればいいか、なんて。すぐに答えが見つかるものなら、志摩子だって今頃こんな事態に陥《おちい》ってはいないだろう。

「方法はいろいろあるでしょう？　例えば極端な話、私たちか乃梨子ちゃんかどちらかを切り捨てれば解決するわよ」

「どちらかを切り捨てる、ですって……？」

「選ぶ、って言い換《か》えてもいいけど」

山百合会《やまゆり》の仲間か、乃梨子——。確かに、それで事は一気に解決する。

もし志摩子が白薔薇《ロサ・ギガンティア》さままでさえなければ、当然妹問題の圧力はなく、乃梨子と気楽な学園生活をおくることができただろう。乃梨子を選ぶということは、そういうことだ。

逆に山百合会を選ぶなら、それは乃梨子が入学する前の状態に戻るということ。二人の薔薇さまと、二人のつぼみたちが今まで通り志摩子をやさしく包んでくれるだろう。

けれど。

志摩子はまず乃梨子を見、それから祥子さまと祐巳さんに視線を移した。

「どうしたの？　志摩子」

どちらかを選べば解決することはわかる。だが、どちらも選べない場合はどうしたらいいのだ。

「ごめんなさい」

志摩子は逃げ出した。どちらも選べないから、双方の間をすり抜け、ちょうど正面にあったビスケット扉を開けて飛び出した。

「志摩子！」

「志摩子さん！」

呼び止める声は、とても揃《そろ》っていた。だが、足は止められなかった。

ギシギシと階段が悲鳴をあげる。志摩子は構わず駆け下りて、転がるように外に出た。

ぽつぽつと、額《ひたい》に頬に落ちたのは雨粒。それでも、足は止まらない。

逃げなければ、問題が追いかけてくる。

志摩子は、どちらも失いたくはなかった。

5

桜《さくら》の若葉を撫《な》でた水滴《すいてき》が、髪に落ちる。

「私にどうしろって言うのよ」

髪の水滴は地肌を滑って頬《ほお》につたい、志摩子《しまこ》の涙と混じった。大きく枝を広げた桜の大木も、もう少し葉が茂らなければ雨宿りの任を果たせないようだ。

「本降りになったら、風邪《かぜ》ひくよ」

湿った土を踏みしめて近づく足音は一つ。この場所を選んで逃げ込んだ時から、たぶんその人を待ち続けていたはずだった。

「私、今日わかったことがある。志摩子さんて、欲張りなんだ。それで、誰にも嫌われたくない」

乃梨子《のりこ》は志摩子の隣までやって来て、同じようにその場でしゃがんだ。桜の木の下の土はまだ乾いた部分が残っていて、枝をすり抜けて落ちた雨粒が、そこに形も配列もバラバラの水玉模様を進行形で描いていた。

「そうよ」

二人はお互いを見ないで、目の前の雨に視線を向けた。雨漏《あまも》りはするが、枝やスカスカの若葉でもないよりましと思えるほど、内と外では降り方が違った。早くも、乃梨子が心配していた「本降り」になってしまったようだ。

「志摩子さんは欲張りだから、欲しがらないようにして生きてきたんだね。一度手に入れちゃうと、手放すのが怖くなるから」

手持ちぶさたなのか、乃梨子は足もとの小枝を拾って、地面にグジャグジャと線を描き始めた。

「何を言っているの?」

志摩子は、乃梨子の顔は見ないが線描《せんびょう》は眺《なが》めた。

「志摩子さんさ。お寺の娘だってこと隠していた時、ばれたら学校やめる決心していたでしょ。そういうこと」

「……ああ、そうね。そうかもしれない」

できるだけ身軽でいたかった。いつかは失う物かもしれない、そう思いながら手を伸ばす勇気なんかなかった。取りあげられるわけではなく、自《みずか》ら置いていかなければならない運命ならば、尚更《なおさら》自分から求めるわけにはいかなかった。

「でも、最後は揺《ゆ》らいだでしょ？　未練《みれん》あったでしょ？」

「え」

「もう、仲間を手に入れちゃってたから」

乃梨子はグジャグジャの横に、「ユミ」と「ヨシノ」と書いた。

「志摩子さんには、あの人たちが必要なんだよ」

小枝は、次々に志摩子の馴染《なじ》みの名前を書き加えていく。「サチコ」そして「レイ」。志摩子は、そこで初めて乃梨子の顔を見た。

「だからって、あなたを切り捨てろなんて言わないで」

かけがえのない仲間を、捨てることなどできない。だが、今側《そば》にいて欲しいと願ったのは乃梨子だ。欲張りと非難されようとも、乃梨子だって一度は手にしてしまった宝物なのだ。絶対手放したくなかった。

「言わないよ。志摩子さんには私も必要だ、って自惚《うぬぼ》れているもん」

乃梨子は小枝を捨てて、志摩子と向き合った。向き合っただけでなく、安心できる表情で笑いかけてくれた。

「あわてん坊の志摩子さん」

つぶやいて乃梨子は、志摩子の頬に落ちた滴《しずく》を指で拭《ぬぐ》った。雨と涙が混じったものだったけれど、乃梨子の目にはどう映っていただろう。

「紅薔薇《ロサ・キネンシス》さまは極端な例を挙げただけなんだよ。志摩子さんが手放したくないんだったら、どちらも無理に捨てることないんじゃない?」

「でも、そんな——」

志摩子は両手をギュッと握って、胸もとでクロスさせた。どちらも捨てない。そんなことが、果たしてできるのだろうか。

「私、一つ解決方法知っている」

切り揃《そろ》えられた前髪の下の、意志の強そうな瞳《ひとみ》。それが真っ直《ます》ぐに志摩子を射抜いた。

「そのロザリオ、私の首にかけるの」

「えっ!?」

乃梨子の人差し指は、志摩子の右手首に向けられている。それはお姉さまがくれた、半年間の夢の形見だ。

このロザリオが、志摩子を孤独から解放してくれた。山百合会《やまゆり》に迎えられたから、大切な仲間ができた。お姉さまが卒業してしまっても、こうしてやってこれたのは、たぶんこのロザリオがあったからだ。

「こんなの、私にとってはただの飾りだよ。それで解決するなら、みんなが納得するなら、さっさと私にかけて終わりにすればいいじゃない」

「でも、乃梨子」

「何となくだけど私、理解できるような気がするよ。志摩子さんがすぐにロザリオをくれなかったわけ。それは、ロザリオの重みをわかっているからだったんでしょ？　それなのに、そのことを私が全然気づいていなかったからでしょ？」

乃梨子は、ずいぶん的確に志摩子の心情を言い当てていたと思う。志摩子にとってのロザリオは、確かに重かった。だが、重いことこそが大切だったとも言える。

けれどその重いロザリオを、誰かに引き継ぐ段になって躊躇《ためら》っている。相手が自分の大切な人であれば、悩んで当然のことだった。

「でも。だとしたら志摩子さんは、誰にロザリオを渡すの？」

卒業するまで妹をもたないのも一つの選択だが、白薔薇さま《ロサ・ギガンティア》という立場では、それはかなり難しい。

「重みのわからない私なら、きっと肩凝《こ》らないよ。しばらく私に貸すと思って、ロザリオ外して軽くなってもいいんじゃない？」

「貸す？」

その言葉だけで、志摩子の心はすでに軽くなりかけた。

「そう、数珠《じゅず》みたいに」

そんな風に、力を抜いてみてもいいのかもしれない。きっと皆だって、もっと軽い気持ちで姉妹になっているだろう。そうでなければ、リリアンの姉妹制度は今頃とっくに崩壊しているはずだった。

「でも」

手首のロザリオを外して、志摩子は改めて考えた。これを乃梨子にかけていいのだろうか、と。ロザリオを乃梨子に預けることで、本当に問題が解決するのだろうか。

「どうして迷うの？　私が仏像愛好家で、クリスチャンじゃないから？」

「そうじゃないわ。ただ」

乃梨子が志摩子の妹になれば、否応《いやおう》なく白薔薇のつぼみ《ロサ・ギガンティア・アン・ブゥトン》の称号がついてくるのだ。祥子《さちこ》さまをはじめ、山百合会のメンバーの中で果たしてうまくやっていけるだろうか。それを口にすると、乃梨子はキョトンとした目で聞き返した。

「うまくやっていけそう、じゃないの？」

「え？」

「少なくとも、私はいい関係だと思い込んでた」

紅薔薇《ロサ・キネンシス》さまはそう思ってないのかしら、と独《ひと》り言《ごと》をいいながら乃梨子は首を傾《かし》げた。

「でも、さっき言い合いしてたじゃない」

「言い合い？　愛ある叱咤《しった》でしょ。私、紅薔薇《ロサ・キネンシス》さまのこと別に嫌いじゃないよ」

「そう……なの？」

「大丈夫。私は、うまくやっていけると思う。志摩子さんも、お姉さまとして私のことビシビシ躾《しつけ》ていいよ。志摩子さんの言いつけなら、きっと素直に聞ける。紅薔薇《ロサ・キネンシス》さまだって、白薔薇《ロサ・ギガンティア》さまの妹だったらある程度遠慮もするでしょ。そうそう衝突しないって」

乃梨子は少し上を見て、考えるような仕草をした。ぽつん、ぽつんと雨の滴が彼女の額と黒髪に落ちる。

「お弁当箱に喩《たと》えると、今はたぶん仕切りがないから、おかずがあっち行ったりこっち行ったりして混乱しているだけなんだ。紅薔薇《ロサ・キネンシス》さまはきっとご飯に汁が染みているのが我慢《がまん》ならないんだと思う」

「お弁当？」

志摩子は吹き出した。乃梨子の喩えは独特だ。けれど、妙に納得してしまうところがある。

「だって、私の背中を押して送り出してくれたんだよ」

「祥子さまが？」

「うん。たぶん私を仲間としてもう受け入れてくれているんだと思う。だから、ポンポン言えるんだよ」

ああ、そうだ。興味のない相手なら、徹底的に無視するような人だった。言い合いは、いわば祥子さまにとってコミュニケーションの一種なのだ。

「よく観察しているわね」

「うん。志摩子さんの好きな人たちのことだからね」

それに引き替え私は、と志摩子はため息をついた。大切なものを失うまいと焦《あせ》る余《あま》り、何も見えなくなっていた。答えは、こんな近くに転がっていたのに。大切なものは、ちゃんとこの手の中に存在していたというのに。

「そう……、きっとそうなのね」

気づかなかっただけで、乃梨子はずっと志摩子の手を取って迷路の先をカンテラで照らしてくれていたのだ。

だから、志摩子はもう独りで歩かなくてもいいのだ。肩の荷を一緒に背負って欲しいと、乃梨子にならば甘えることができそうだった。

志摩子は、ロザリオの輪を広げた。

「かけていいのね?」

ロザリオは乃梨子を縛《しば》る枷《かせ》になるかもしれない。しかし、それでもいいとうなずいてくれる妹が、確かにここに存在しているのだから、もう迷うまい。

土に書いた名前が、雨粒で少しずつ消されていく。

「志摩子さんが卒業するまで、側にくっついて離れないから」

乃梨子が嬉《うれ》しそうに笑う。首に掛かったロザリオに雨粒が落ちて、珠《たま》と一緒にキラキラと光り輝いた。

「だったらもう、私は寒くないわ」

二人は桜の木の下で寄り添って、降る雨を眺めた。

こんなに雨が降っているのに、志摩子の心の中は見事に晴れあがっていた。

黄薔薇注意報

あやしい雲ゆき

こうなることは、ある程度予想がついていた。

予想通りであっても、こうもあからさまに反対されると、かえって燃えるってものなんだ。

そんなの、火を見るよりも明らかじゃない。

本当に、最初は軽い気持ちだったんだから。

火を点《つ》けたのは、令《れい》ちゃん。

本当に、ばかなんだから。

1

「今、何て言ったの」

令ちゃんが、顔を上げて聞き返した。余程《よほど》驚いたのか、フォークを突き刺したベイクド・チーズケーキが固まりのまま、皿の上約十センチのところで持ち上がっている。

「何、って？　だから、年度も替わったことだし、そろそろ部活動でも始めようかな、なんて」

「それは聞いた。聞き返しているのは、その先」

「その先？」

由乃《よしの》は、「抹茶《まっちゃ》クレープバニラアイス添え」の飾りについている甘栗《あまぐり》をスプーンですくって、口に頬《ほお》ばった。本当は最後のお楽しみに取っておくつもりだったのだけれど、令ちゃんがあまりに真剣に詰め寄るものだから、ついついというか思わずというか、弾《はず》みで食べてしまったのだ。パックリ、と。

日曜日の午後。

天気はいいし、宿題も終わらしてしまったし。今頃祐巳《ゆみ》さんは祥子《さちこ》さまに甘えているかな、なんて考えていたら何となく誰かさんと仲良くしたくなって、由乃は令ちゃんを誘ってK駅前まで遊びにきたのだった。

令ちゃんは長袖《ながそで》のTシャツ一枚にジーンズっていうラフなスタイルだったけど、足が細くて長いからそれだけで十分格好良かった。由乃はお気に入りの水色のサマーセーターとお揃《そろ》いのカーディガンに今年初めて袖を通したのが嬉《うれ》しくて、時々ウインドウに姿を映しては満足していたのだ。水色のアンサンブルには、珊瑚《さんご》のペンダントがとてもよく映《は》えた。水色は、海の色でもあったから。

ご機嫌な休日が一転したのは、歩き疲れて入った喫茶店で、注文した品がそれぞれの前に置かれてすぐのこと。由乃が部活動の話を切り出した、それがきっかけだった。

「部活動するのはいいわよ。それは反対しない。秋に手術してから半年経《た》っているんだし、経過は順調、体育だってほとんど見学しなくてもいいくらいに元気なんだからさ、由乃は。でも――」

令ちゃんのチーズケーキが、重力に逆らえなくなってとうとうフォークから滑り落ちた。皿の上に直撃したショックでケーキのタルト生地《きじ》は弾《はじ》けて、由乃のアイスクリームと紅茶の中にまで屑《くず》が飛び込んできた。

「よりによって、剣道部だなんて」

令ちゃんは軽くなったフォークを皿に置いて、短い髪を横から撫《な》で上げるように抱えた。驚くだろうとは想像していたけれど、こんなに困るとは予想外だった。

「あのさ、令ちゃんが問題にしているのは、剣道部が運動部だから？　それとも令ちゃんが所属している部活動だから？」

由乃が尋《たず》ねると、令ちゃんはガバッと頭を持ち上げて答えた。

「どっちもよ」

「ふーん、どっちもか」

ということは、テニス部ならばショックは半減していたわけだ。そして、たとえ手芸部でも、令ちゃんが所属していたら嫌だ、と。

「剣道やろうかな、って以前にも私言ったよね」

「聞いたけど」

「あの時は何で反対しなかったの？　本気にしてなかったの？」

「わかんないわよ。手術直後だったし、現実味がなかったもの」

「で、今うろたえているんだ。あ、すみません。お水ください」

ウエイトレスがテーブルの脇《わき》を通ったので、由乃は手を上げてガラスのコップを持ち上げた。

「……お願いだから、真剣な話をしている時にお水のお代わりなんてしないでよ」

言いながら令ちゃんは、脱力したようにテーブルの空《あ》いたスペースに額《ひたい》をくっつけて崩れた。さっき飛んだタルトの屑が、短い髪の毛に引っかかっていてかなり滑稽《こっけい》。ミスター・リリアンの名折れだな、と由乃は思った。

「あ、あの、お水はいかがなさいますか」

声の方向を見れば、ウエイトレスが銀のポットを持ったまま立ちつくしている。令ちゃんの様子に、かなりビビッていた。

「これのことは気にしないで、お水ください」

由乃は、「これ」で令ちゃんを指さした後、「ついでに」と令ちゃんの頭の横にあったガラスコップを由乃のコップに並べた。ウエイトレスは二つのコップに水を注《つ》ぎ、「ごゆっくり」と小さく頭を下げると足早にテーブルを離れていった。こんなことで動じるようじゃ、プロとしてまだまだだ。

「これ、だと?」

ウエイトレスの足音が聞こえなくなると、令ちゃんはムックリと顔を上げて不快そうに言った。しかしそんな顔をしてみせたって、由乃は痛くもかゆくもない。

「しまりのない令ちゃんなんかは、『これ』で十分。少しは、落ち着きなさいよ。みっともない。ほら、水飲んで」

「ん」

令ちゃんは髪の毛にタルト屑を付けたまま、一気に水を飲み干した。

「……私、みっともない?」

「うん、みっともない。私のことで慌《あわ》てふためく令ちゃんは、すごく見苦しい」

令ちゃんファンの幻想が一気に吹き飛ぶね、と由乃は心の中でつぶやいた。

「そうか、みっともないか……」

「まあね」

みっともなくて見苦しい令ちゃんも、間違いなく「由乃の令ちゃん」だから大好きなことには変わりなかった。だけど、平素は凜々《りり》しい令ちゃんをふぬけにする原因が、いつだって自分であるというのは、由乃には嬉《うれ》しい反面口惜《くちお》しくもあるのだ。

「剣道、やりたいの?」

「うん、そうかな。見るだけなら小さい頃から身近だったし、やってみるのもいいかな、なんて」

だから、軽い気持ちで言ったんだって。なのにそれを大げさにとらえて、勝手にパニック起こしているんだから、令ちゃんは。

「じゃあさ、うちのお父さんに稽古《けいこ》つけてもらえばいいじゃない。何も学校でやることはない」

「伯父《おじ》さんに?」

「道場が空いている時に、私が相手になってもいいし」

「それと剣道部と、どう違うっていうのよ」

どうやら令ちゃんが由乃の剣道部入部を反対しているのは、剣道をやらせたくないという理由でも、一緒に剣道をしたくないからという理由でもないらしい。

「全然違うでしょ、うちの道場と学校の部活じゃ。いい? 由乃が一般の部員である以上、私は姉としても従姉《いとこ》としても庇《かば》うことができなくなるのよ」

庇う? その言葉に、由乃はちょっと引っかかった。

「庇ってくれなんて頼んでないもん」

「由乃は運動部の厳しさを知らないから、そんなこと言ってられるのよ。朝練だってあるし、冬場だって道場の雑巾《ぞうきん》がけしなきゃいけないし。冷え性《しょう》の由乃にできる？　万年裸足《はだし》の世界だよ？」

「うっ」

季候のいいこの時期、正直冬のことまで考えていなかった。由乃が黙り込むと、令ちゃんはそれに増長するように饒舌《じょうぜつ》になっていった。

「だいたいね、『やってみてもいいかな』なんて甘い考えで入部されちゃ、迷惑《めいわく》なの。退屈しのぎのお遊びなら、家で由乃の気が済むまで私がつき合ってやるから」

カッチーン。

由乃の中で、何かが弾けた。

「退屈しのぎのお遊び？　つき合ってやる、ですって？」

「……よ、由乃!?」

「いいえ、結構です。学校には剣道部という立派な稽古場があるんですから、わざわざ剣道二段である支倉《はせくら》令さまの手を煩《わずら》わせるまでのこともありませんわ」

まずいまずい。憎まれ口を言いながら、由乃の心の中で警報が鳴っていた。

頭の中でも、赤色ランプがグルグル回る。

このパターンは、非常にまずい。このままいけば、自分は遠からずとんでもないことをしでかすに違いないのだ。

半年前の『黄薔薇革命』を思い出せ。令ちゃんの過保護ぶりについカッとなって、ロザリオを突き返し、絶縁を言い渡してしまったではないか。結果オーライだったけれど、次もまた丸く収まるなんて保証はないし、あの騒ぎでは周囲の人間にどれだけ迷惑をかけたかしれない。

いけない、いけない。ここは我慢《がまん》するのだ。

けれど一度口をついて出た暴言は弾みがついて、由乃が飲み下そうとしても、なかなか腹の中に収まってはくれないのだった。

「ち、ちょっと落ち着いてよ、由乃」

令ちゃんも気がついた。だから口では「落ち着こう」なんて言っていながら、自分の方こそ慌てふためいている。そんな様子が、ますます由乃の癇《かん》に障《さわ》った。

「令ちゃんがいつまでもそんなんだから、私が――」

ああ、だめだ。口とは裏腹に、心の中の由乃は絶体絶命に追い込まれていた。腹は立つが、別れなければならないほどじゃないのだ。令ちゃんがどんなに自分を大切に思ってくれているか、由乃だって十分わかっている。わかっているのに――。

「私が」

滑り続ける口に、身体《からだ》までもどんどん引きずられていく。両手はテーブルを叩《たた》き、足はそれに併《あわ》せて立ち上がってしまった。

こうなると、なかなか座るためのタイミングはやって来ない。ずっと立っているのも格好がつかないし、もう怒りにまかせて退場するしか道は残されていないように思われた。

「私がロザリオを」

(ああ、だめ)

由乃は心の中で悲鳴をあげた。今、自分の右手が胸もとに伸びる。それをやったらいけない。ロザリオを返したら、また『黄薔薇革命』の繰り返しだ。

(どうしよう)

前回のような、心臓手術や剣道の試合といった仲直りのための小道具はない。でも動き始めた右手を、止めるきっかけがない。

もうお終《しま》いだ、と思った瞬間、由乃の右手は何か丸い物を掴《つか》んだ。

(……え?)

ロザリオの先に着いている、十字架《じゅうじか》を掴んだはずだった。なのに、なぜかツルツルとした感触——。

(あっ!)

何てことだ。それは珊瑚《さんご》のペンダントヘッドだった。

今日は休みで、制服を着ていないから、ロザリオもかけていない。今更《いまさら》気づくなんて、由乃の方こそパニックを起こしていた証拠だった。

「由乃?」

しかし、ロザリオがなかったのは天の助けかもしれない。ない物は、突き返すことができない。

由乃はペンダントヘッドから右手を離した。これはその昔、両親が新婚旅行で買ってきた物だから、令ちゃんに投げつけたところで痛いだけで何の効果もないのだった。

「帰る」

みるみる戦意が失《う》せていく。由乃はショルダーバッグを引っ掛け、そのまま出口に向かった。抹茶クレープは完食してないけれど、甘栗を食べたから未練はない。

「あ、由乃。待ってよ」

あたふた焦《あせ》っている令ちゃんが、由乃は嫌だった。この場合、勝手なのは由乃の方なのだから、悠然《ゆうぜん》と構えていればいいのだ。チーズケーキだって、まだ半分以上残っているんだから。

「そうだ」

ふと思いついて、由乃は回れ右してテーブルに戻った。令ちゃんは、その理由もわからないくせに由乃の顔を見て嬉しそうに笑った。犬でいえば、完全に尻尾《しっぽ》を振っている状態だ。

「これ、私の分ね」

千円札二枚を乱暴に置いて、今度こそ店を出た。

コップの水くらいかけてやりたかったけれど、頭にタルトの屑をつけているような人間相手に、とてもそこまですることはできなかった。

2

月曜日。

互いに口を利《き》かず、登校した。

「行ってらっしゃーい」

令《れい》ちゃんのお母さんがゴミ出しのために通りに出ていたから、角を曲がって姿が見えなくなるまでは仲よく並んで歩いていった。二人とも家族を大事にしているから、親に心配かけないようにしようという考えだけは一致《いっち》しているのだ。

学校の正門まで約八分。

その八分が、今日ほど長く感じられたことがあっただろうか。いや、心臓の手術前の具合の悪い日であっても、そんなに長くは感じなかった。実際は、倍以上の時間がかかっていたはずなのに。

どうしてだろう。

ああそうだ、と由乃《よしの》は気づいた。令ちゃんが鞄《かばん》を持って、歩いてくれたから。励ますようにおしゃべりを途切れさせせず、歩幅を合わせてくれたから。

感謝しているんだけれど、本当は。見かけと違って繊細《せんさい》な令ちゃんが、心穏《おだ》やかに暮らせるように協力しなきゃいけないと、日々心に言いきかせてはいるんだ。でも。

わざとらしく数歩前を歩きながらため息なんてつかれた日には、そういう気持ち全部吹っ飛んで、ただ憎らしいという思いだけが残る。

何をしようと私の勝手、って。令ちゃんに一々断る筋合いのものではないんだ、って。

ベリーショートの後頭部にガンを飛ばしながら歩いていると、やっとリリアン女学園の正門が見えてきた。

（やれやれ、ここからがまた長い）

校門からゆるやかに伸びる銀杏《いちょう》並木。途中分かれ道には、小さな庭があって、そこにマリア様の像がある。無言で歩いてきた二人だが、そこまで来るといつものように並んで手を合わせた。

由乃はマリア様に、「仲直りできますように」とは頼まなかった。どうせ隣の令ちゃんが、しつこくしつこくお願いしているに違いないから。

朝のラッシュまでにはまだ間があったが、それでも昇降口はすでに混み始めていた。正門以外の門から登校してきた生徒たちが、ここで合流するためだ。

由乃は昇降口を入ってすぐ、下足室の入り口で令ちゃんと別れた。それは二年生と三年生では靴をしまうロッカーの場所が別であるからというだけの理由であって、別にけんかのせいではない。

日によって再び廊下《ろうか》で落ち合ったりするのだが、今日は互いに相手を待ったりはしないだろう。それについては、間違いなくけんかのせいである。

「由乃」

別れ間際《まぎわ》、令ちゃんが今朝の「おはよう」以来初めて口を開いた。仲直りの申し入れにしては早いな、と思ったがやはり違った。まあ、そう簡単に詫《わ》びを入れてこられたって、由乃の方も困るけれど。

「昨日は言いそびれちゃったけど。今日の放課後、志摩子《しまこ》が乃梨子《のりこ》ちゃんを連れてくるって」

「へえ……」

とうとうね、と由乃は片眉《かたまゆ》を上げた。志摩子さんも年貢《ねんぐ》の納め時ということか。由乃と同じ二年生だけれど、志摩子さんはすでに白薔薇《ロサ・ギガンティア》さまなのだし、妹をもつのに早いということもないだろう。

「あ、でも今日の放課後っていったら――」

令ちゃんは、剣道部の活動があるはずだ。

「どうにか調整するわよ。祥子《さちこ》にも頼まれたし」

令ちゃんはぶっきらぼうに答えた。

「そ」

二人とも「部活」という言葉を暗に避けていた。避けていることがまた、不自然で陰気な感じがした。

それにしても、けんかしている相手のスケジュールが頭に刻みつけられているのも、何だか情けない、と由乃は思った。

「何か準備したほうがいいのかな」

黄薔薇ファミリーは現在、悶着《もんちゃく》の真っ最中だけれど、白薔薇ファミリーの明るい話題を共に喜ぶくらいの余裕はあった。

「特別なことはしなくていい、って。祥子が」

「ふうん」

祥子が、祥子が、って。令ちゃんの意見はどうなんだ、ってイライラする。

いつもは気にならないことなのに、今朝は会話の端々に、令ちゃんのはっきりしない性格が引っかかり、ブラブラぶら下がっているみたいに由乃には感じられた。

「じゃ、そういうことで」

令ちゃんは連絡事項を告げると、さっさと三年生のエリアに消えていく。おい、このイライラは置き去りか。

「なーに、あれ」

生徒たちの人波に紛《まぎ》れた背の高い後ろ姿に向かって、由乃は鼻息荒くつぶやいた。

「無愛想《ぶあいそう》な顔しちゃってさ」

無愛想はお互いさまなのだが、人間、自分のことには気づかないものなのだ。

「まったく、腹のたつ」

由乃は乱暴に自分のロッカーを開けると、上履《うわば》きを下に投げ落とした。物にあたることはないんだけれど、どうにも気持ちが収まらない。落下した上履きは、爪先《つまさき》のゴムの部分が簀《す》の子《こ》に的中し、左右ともてんでバラバラの方向に転がった。

「上履きまでばかにしてっ」

こういう時、マリア様の戒《いまし》めだと思って反省するような由乃ではない。バンドのスナップが外れたままの革靴をつっかけ、ふくれっ面《つら》で左右の上履きを迎えにいった。

お隣の二年桃《もも》組のロッカー前まで転がった左靴を簀の子から拾い上げ、辛《かろ》うじて二年松《まつ》組のエリア内ではあるが簀の子から落ちた右靴を見つけて手を伸ばすと——。

「何してるの?」

目の前に現れた二本の足が、口をきいた。

「……」

もちろん、足がしゃべるわけはない。声を出したのは、その足の上方にくっついているはずの口だ。由乃は、なめるように視線を上に移動していった。

革のバレーシューズに三つ折りの白ソックス、膝《ひざ》が見える前にスカートの裾《すそ》。夏の素材で薄くて軽くはなったけれど、制服のデザインは変わらず。ちょっとだけ曲がっているセーラーカラーには、二つに分けた癖《くせ》っ毛がかかっている。

「あ、祐巳《ゆみ》さん」

「ごきげんよう。……何してるの？」

祐巳さんは重ねて聞いた。

「ごきげんよう。いや、ちょっと天気予想をね」

由乃はとっさに誤魔化《ごまか》した。高校生にもなって上履きにあたりちらしていたなんて、クラスメイトにどうして言えよう。

「で、どう出たの」

「——どっちも裏返ってないところを見ると、晴れかしら」

「晴れ？」

祐巳さんは、天井近くにある窓を振り返って仰《あお》ぎ見た。今朝は曇り。明かり取りの窓からの光だけでは足りなくて、下足室には電灯がつけられている。

「きっと、これから晴れるのよ」

上履きを履きながら、由乃は適当に答えた。

「……晴れないと思うな」

祐巳さんは自分のロッカーを開けて、上履きを出し、簀の子の上に揃《そろ》えて置いた。

「あら、どうして言い切れるの?」

もちろん、非科学的な上履き占いだって根拠は何もないんだけれど、こうも堂々と否定されると突如《とつじょ》対抗意識が芽生《めば》えてくるものだ。

「まさか、テレビの天気予報を観てきたから、なんて、つまらない答えじゃないでしょうね」

すると、祐巳さんは「違う」と首を横に振る。そして彼女のトレードマークといっていい、リボンで結んだ二つの髪の束を自《みずか》ら指で示し、「これがね」と言った。

「髪?」

由乃は聞き返した。

「髪がどうかしたの?」

それだけじゃ、何が何だかさっぱりわからない。

続いて登校してくるクラスメイトたちに場所を譲《ゆず》って、二人は下足室を出た。ありがたいことに、祐巳さんとは同じクラスだ。教室が別だという理由で話を途中で切り上げなければならない、なんてこともない。

「私の髪がいうことを聞かないの」

廊下《ろうか》を歩きながら、祐巳さんが言った。

「その心は?」

「湿気が多い。つまり、雨がすぐ側《そば》まで来ている気がするってこと」

祐巳さんの根拠は、由乃の上履き天気予報よりずっと説得力があるように思われた。

3

二年松《まつ》組の教室に入って鞄《かばん》を机に置いた由乃《よしの》は、ふと思い出して祐巳《ゆみ》さんの席に駆け込んだ。

「ねえ、今日の話だけど」

「今日、って?」

「放課後の、ほら……志摩子《しまこ》さんのこと」

正確には志摩子さんのことじゃなくて乃梨子《のりこ》ちゃんのことなんだけれど、この際話が通じればいいから訂正《ていせい》なんかしない。

「志摩子さんが、どうかしたの?」

祐巳さんは、鞄からノートを出しながら首を傾《かし》げた。

「だから乃梨子ちゃんのことよ。いい加減気づいてよ、もうっ」

由乃はジリジリしながら畳みかける。こんなところでつまずいていたら、朝拝《ちょうはい》が始まるまでに話が終わらないじゃない、って。

「悪いけど、本当に何のことだかさっぱりわからない」

「……え?」

由乃は改めて祐巳さんの顔を覗《のぞ》き込んだ。すると、いい加減に話を聞いているようにも、とぼけているようにも見えなかった。――ということは、祐巳さんにはまだ情報が流れていないということだろうか。

「いや、でも」

乃梨子ちゃんが薔薇《ばら》の館《やかた》に来るって話は、祥子《さちこ》さまも承知《しょうち》のはず。令《れい》ちゃんの口振りでは、昨日の時点ですでに決まっていたようだった。でも誰かさんのように、つい言いそびれて今朝に至《いた》った、という例もあることだし……。

「だから、何なの」

考え込む由乃に、今度は祐巳さんがジリジリしだした。だから、もったいつけずに正解を告げた。

「乃梨子ちゃんが、本日薔薇の館デビュー」

「本当!?」

思った通り、祐巳さんは目を丸くした。ということは。

「あの、じゃやっぱり祥子さまから聞いていないの?」

尋《たず》ねると、祐巳さんはキョトンとした。

「だって今朝はまだ会っていないもの」

いや、そうじゃなくて。

「昨日デートでその話題がでなかったのか、って聞いてるんだけど……」

言いながら由乃は嫌な予感がしていた。祐巳さんの顔は段々うつむいていくし、気のせいか表情だってこわばっているみたいだし。

「まさか」

「その、まさか」

「でも、土曜日の時点では『ついに明日』なーんて、祐巳さん盛り上がっていたよね。なのに……?」

「昨日の朝、キャンセルの電話が」

「えーっ、ひっどーい！　祥子さまったら、いったい何考えているの⁉」

他人事《ひとごと》ながら腹がたった。気が向いた時に令ちゃんを連れ出せる由乃と違って、祐巳さんは清水《きよみず》の舞台から飛び降りるほどの決心でお姉さまを誘い、OKをもらったのだった。昨日の半日デートを彼女がどんなに楽しみにしていたか、由乃は知っている。祥子さまだって、お姉さまならそのくらいわかっているはずなのに。

「仕方ないよ」

「仕方ない、って何回目よ」

「……」

祐巳さんは黙り込んでしまった。確かこれまでも、二回か三回、やはり祥子さまの都合で計画が流れていたはずだった。

祥子さまはお姫さまでいらっしゃるから、庶民《しょみん》には伺《うかが》い知れないお家の事情もおありかもしれないが。――にしても、今回のような当日の朝になってキャンセルという仕打ちは、あまりにひどすぎる。

(できない約束ならするな!)

声を大にして言いたかったけれど、祐巳さんが今にも泣きそうな顔をしていたので、由乃はそれ以上祥子さまを責めなかった。

悪いのは祥子さまで、被害者の祐巳さんに言ってもしょうがないことなのだ。

「――ごめん。乃梨子ちゃんの話は後にしよ」

祐巳さんの肩を軽く叩《たた》いてから、由乃は席に戻った。もうじき予鈴《よれい》が鳴るだろうし、耳ざとい新聞部の山口真美《やまぐちまみ》さんが登校してきたっていうこともある。

でも、一番の理由は、自分の言葉で祐巳さんを追いつめたくなかったからだった。

由乃は椅子《いす》に座って、鞄の中の物を机の上に出していった。ペンケース、教科書、ノート……。折り畳み傘が手に触れたけれど、それはそのまま鞄に残して、窓に顔を向ける。雨はまだ降っていない。

たとえ友達だって、踏み込んでいい場所といけない場所はあるのだ。

窓から少し視線を移動させて、祐巳さんを盗み見た。彼女は由乃の視線には気づかず、淡々と一時間目の準備をしていた。

姉妹のことは、その人たちにしかわからないことがある。助けを求められるまでは、あまり干渉《かんしょう》しない方がいいのかもしれない。

由乃だって、令ちゃんのことを祐巳さんにあれこれ言われたら、きっと腹がたつだろうから。

4

これは思ったよりずっと大変そうだわ、と由乃《よしの》は思った。

令《れい》ちゃんの反対もあって勢い書いてしまった入部届けは、三年李《すもも》組から職員室、職員室から保健室へと次々にたらい回しされていったのだった。

誰かさんの言葉じゃないが、ちょっと考えが甘かったかもしれない。お陰《かげ》で、薔薇《ばら》の館《やかた》の掃除にあてた昼休みを除《のぞ》く休み時間のすべてを、校舎のあっちこっち走り回って過ごすという、落ち着きない一日となってしまった。

由乃の話を聞いた人たちは一人の例外もなく、「そんな面倒な事をもち込まなくても」というような顔をしてみせた。

「一応確認しておくけど。島津《しまづ》さん、剣道部に入部希望というのは、マネージャーとしてじゃないのね」

「はい。私は竹刀《しない》を持って格闘する側になりたいんです」

この会話を、何回繰り返したことだろう。

剣道部の部長にはそれはしつこく確認されるし（一度聞いてわかれ、って）、顧問《こもん》の山村《やまむら》先生には剣道がいかに激しいスポーツであるかをとくとくと説明されるし（そんなことくらい知ってるよ）、担任には文化系にもいい部活はたくさんあるからと説得されてしまうし（だから剣道がやりたいんだ、ってば）。保健室の先生に至《いた》っては、校医に電話をして許可していいかお伺《うかが》いまでたてられてしまったのだった。

たかだか生徒が部活動を始めるだけなのに、この大騒ぎ。皆、以前の由乃を知っているから、怖《お》じ気《け》づくのもわからないではないけれど。

でも、由乃は半年前のひ弱な少女ではない。身体《からだ》に改造手術を施《ほどこ》して、スーパー由乃にパワーアップしたのだ。

「――とにかく、校医の先生があなたの主治医と相談するとおっしゃっているから。結論が出るまで、この話は保留にしましょう」

受話器を置いて、養護教諭保科栄子《ほしなえいこ》先生は振り返った。

ウェーブのかかったセミロングの髪をバレッタできっちり一つにまとめ、いつでも清潔な白衣に袖《そで》を通したその人はそこそこの美人だった。同じ白衣でも、理科の教師の薬品が染みついたそれとは大違い——、ということで、その麗《うるわ》しの姿に憧《あこが》れている生徒は少なくない。歳《とし》はたしか三十を過ぎているらしいけれど、とてもそうは見えない。リリアンの出身者だから学園内の事情に通じていて話がしやすいこともあり、いまだに「素敵なお姉さま」を地《じ》でいっている。親しみを込めて、陰《かげ》で「栄子ちゃん」とか「栄子センセ」なんて呼んでいる生徒もいたりする。

「このこと、支倉《はせくら》令さんは知っているの」

皆が話の締めくくりに尋《たず》ねたその質問を、例に漏《も》れず保科先生もまた口にした。

「知っています。でも、反対をしています」

「——でしょうね」

判で押したようにあまりに同じ反応だったから、由乃はもう腹もたたなくなっていた。一番最初に剣道部の部長から言われた時には、「何でここに令ちゃんが出てくるのよ」とカッとなったものだけれど、こうまで続くと自分の常識の方がずれているのかと、いつもの自信がちょっと揺《ゆ》らいだりして。

「支倉令がいいと言えば、先生方は安心するのですか」

「そうね」

保科先生は苦笑してから言った。

「あなたのお姉さまということも、もちろんあるけれど。彼女はあなたにとって、いろいろな意味で特別な人でしょう」

「……たぶん」

それは間違っていなかったから、由乃は否定できなくて。否定できないということは、剣道部入部に反対する令ちゃんを一部認めてしまっているようで、ちょっとだけ頭の中が混乱した。

自分の主張は正しいと、由乃は今でも思っている。けれど、令ちゃんばかりが悪いわけではないことだって、ちゃんとわかっているのだ。

どちらが間違っているわけではないのに、なぜかトラブルになってしまう。一人一人別の人間だから、考え方や立場によってそうなってしまうのかもしれないけれど――。

「お世話をおかけしますが、よろしくお願いします」

由乃は、頭を下げて保健室を出ていった。清掃の帰りにたまたま近くを通ったので寄ってみたのだが、校医に電話されたりして思いの外《ほか》時間をとってしまった。

「さて」

急がないと。由乃は、早足で薔薇の館が建つ中庭を目指した。

放課後は薔薇の館に招集がかかっていた。志摩子《しまこ》さんの妹になるかもしれない乃梨子《のりこ》ちゃんを、全員で気持ちよく迎えるために。

校舎から出て、空を見上げる。雨は降っていないけれど、いつ降ってもおかしくないくらい曇っている。

由乃は薔薇の館の入り口で、ニッコリと笑ってみた。大丈夫、小一時間くらいは十分に猫を被《かぶ》っていられそうだ。

令ちゃんとのけんかも、一時休戦。

笑顔に会わせてテンポよく階段を上りきると、由乃は勢いよくビスケット扉を開けた。

5

志摩子《しまこ》さんに連れられてやって来た乃梨子《のりこ》ちゃんは、度胸《どきょう》が据《す》わった一年生だった。

「二条《にじょう》乃梨子です」

緊張していないわけはないのに、それを気取《けど》られないように頑張っているところがマル。それに引き替え志摩子さんたら、目なんか泳がせちゃって落ち着きがない。心配だっていうのは理解できるけれど、これではどっちがお姉さまだかわからない。それでも、二人が並んでいると、まるで西洋人形と日本人形のようで対比が妙に美しかった。

「ごきげんよう。薔薇《ばら》の館《やかた》にようこそ」

祥子《さちこ》さまが華《はな》やかにほほえんで、乃梨子ちゃんを迎え入れた。こんな笑顔を振りまかれたら、祥子さまファンでなくてもついクラクラしちゃいそうだわ、と由乃は冷静に分析《ぶんせき》していた。過去悩殺《のうさつ》された口の祐巳《ゆみ》さんはというと、つれないお姉さまには目もくれず、さっさとお茶の準備に取りかかっている。

令《れい》ちゃんも、さっきからずっと由乃《よしの》の方を見ようとしない。当たり前といえば当たり前なのかもしれないけれど、こんな日くらいけんかを棚上《たなあ》げできないものかね、と文句の一つも言いたくなる。

(おっと。笑顔、笑顔)

知らず、眉間《みけん》にしわが寄っていることに気づいた由乃は、気持ちを切り替えて流しの方に向かった。その時だ。目の端に、妙な光景が飛び込んできたのは。

(えっ⁉)

考えるより早く振り返ると、何と、令ちゃんが乃梨子ちゃんの肩を抱いているではないか。クラブのホストじゃないんだから、そこまでやる必要があるんだろうか。エスコートにしても、くっつき過ぎだ。

その上。

「祐巳ちゃん。とびきりのお茶入れてくれる?」

なーんて、甘い声出しちゃって。

(どうして、祐巳さんに頼むわけ? わざわざ手を上げて合図しなくてもいい距離に、妹の私

がいるっていうのに！）

当てつけのつもりなんだろうか。だとしたら、令ちゃんの思うつぼに素直にはまって腹を立てている自分にがっかりだ。反面、令ちゃんが、無意識のうちにああいう行動をしていたとしたら、それはそれで悔《くや》しいのだ。

「祐巳さん、手伝うよ」

考え出すと、どんどん深みにはまってしまいそうだったので、由乃は祐巳さんの側《そば》でアシスタントをすることにした。忙《いそが》しく働いていれば、余計なことを考えなくて済むかもしれない。少なくとも、令ちゃんに背中を向けていられるだけでも、精神安定上かなり効果がありそうだった。

ティーポットの中で踊り出す茶葉。深呼吸したいほどのいい香り。カップに注《そそ》がれる時の、心地よい音。そして、出来上がりの鮮やかな紅《あか》。

眺めているうちに、自然とリラックスすることができた。いつまでもうっとり見ていたかったのだが、祐巳さんが乃梨子ちゃんと祥子さま、令ちゃんの三人のカップをお盆にのせて持っていったので、由乃もあわてて残りの分を運んだ。

すでに埋まった三つの席と向かい合う、まだ誰も座っていない席三つに、カップを一つずつ置いていく。それは、二年生三人のための紅茶だった。

少し大きめの楕円形《だえんけい》のテーブルは八人用だけれど、つめれば十人くらいは座れる。現在は椅《い》子《す》が六脚置かれているが、部屋の中には他に三脚あって、窓辺とか流しの側とか、必要な時必要な場所に移動して使用されていた。一階のほぼ倉庫と化した部屋を探せば、あと十脚くらいはあるだろう。もちろん、椅子のデザインはまちまちである。

通常、座る場所というのは何となく決まってくるものだ。しかしいつもと状況が違うと、何となく、または意識的に席順が調整される。今回がまさにそれだった。

薔薇さま二人が、お客さまをサンドイッチする形で座ってしまったのだ。残った席は向こう岸に並んで三つ。さて、誰がどこに座る。

乃梨子ちゃんをガードするためには彼女の隣の席に収まるべきだった志摩子さんだが、出遅れたために右も左も空きはなくなっていた。主役の白はこの際無視して、色別というまとまり方もあったのだけれど、由乃も祐巳さんも自分のお姉さまの隣は選ばなかった。それについて由乃はあれこれ分析《ぶんせき》されたくはないし、何となくわかるので祐巳さんにもなぜとは尋《たず》ねなかった。

というわけで令ちゃんの隣に祐巳さん、祥子さまの隣に由乃、残った席に志摩子さんが着席する形になった。そして、お茶会という名の「お見合い」が始まったわけである。

お見合いといっても、乃梨子ちゃん一人に対し、紅薔薇ファミリー黄薔薇ファミリーは計四人。どちらかというと面接に近い状況だ。さしずめ志摩子さんの役割は、仲人《なこうど》もしくは付添人《つきそいにん》といったところ。当事者以上に焦《あせ》っていて、見ていてとても気の毒だった。

由乃は手籠《てかご》の中からスティックに入った粉末クリームを二つとって、紅茶に入れた。

どうやらこの縁談、まとまりそうだ。祥子さまも令ちゃんも、乃梨子ちゃんのこと気に入ったみたいだから。

由乃も、乃梨子ちゃんに合格点をつけようと思う。何しろ、いつも落ち着いている志摩子さんを、ここまで狼狽《うろた》えさせられるなんて、並の人間にはできないことだ。

（いいな、こういうの）

志摩子さんたちは、これから二人の関係が始まっていくのだと思ったら、無性にうらやましくなった。何もかもが未知で、予想もつかない未来に手探《てさぐ》りで進んでいく感覚。そんなもの、自分たちにはなかった気がする。本当の姉妹《しまい》のように育った従姉妹《いとこ》が姉妹《スール》になったところで、ちょっとやそっとのことではドキドキやハラハラはしないものだし、ましてやワクワクなんて生半可《なまはんか》なことでは訪ねてきてはくれない幻《まぼろし》の感覚なのであった。

（私たちなんて倦怠期《けんたいき》の夫婦みたいだもんね）

刺激を求めて剣道部入部を言い出したわけではない。だけど、結果的に刺激が強すぎて離婚の危機にまで発展しないともいいきれない気配。

（ちょっと、まずかったかなぁ）

保留になっているとはいえ、黙って入部届けを出したのは早急すぎたかもしれない。何といっても、昨日の今日だし。

でも、由乃は性格上その場で足踏みなんてしてられない。こうと決めたら、突っ走る。だから、後で振り返って「しまった」と思うことがよくあるのだ。

二年生になったのだから、そろそろ落ち着いて辺りを見回す余裕が欲しいものだ、と客観的な分析はできる。いずれは志摩子さんのように妹をもつことになるだろうけれど、暴走するお姉さまに誰がついてきてくれるというのだ。

（よしっ）

令ちゃんのあの様子じゃ今日はまだ冷静に話ができないかもしれないけれど、一晩寝て明日になったらちゃんと今日のことを報告しよう。由乃と令ちゃんの仲なんだから、話せばきっとわかりあえるはず。場合によっては、譲《ゆず》れるところは譲るくらいの準備はある。

（もちろん、多少だけどさ）

相変わらずこちらを見ようとはしない令ちゃんを眺《なが》めながら、由乃はベージュ色の紅茶を飲み干した。

それにしても、令ちゃんったら笑顔過多《かた》。

雨模様

1

由乃《よしの》が仲直りしようと一方的に決めた火曜日、令《れい》ちゃんは学校を休んだ。

令ちゃんのお母さんの話だと、月曜の深夜に熱を出して、解熱剤《げねつざい》飲んで一時は下がったんだけど、朝になってまた悪くなったので休ませるということだった。

昨日の帰り道の令ちゃんは、朝と同様に無口ではあったけれど別に具合が悪そうには見えなかった。大方《おおかた》、お風呂上がりに薄着でぼんやりしていて風邪《かぜ》でもひいたんだろう。情けない、ったら。


「あ、もしかして私のせい……」

首の後ろでセミロングの髪を一つにまとめた生徒が、教室の扉の前でつぶやいた。
二、三日休むと思うから剣道部の方にも知らせておいて、と伯母《おば》さんに頼まれたので、由乃は登校してきてすぐに三年李《すもも》組を訪ねた。で、子細《しさい》を聞いた野島《のじま》部長の第一声が「私のせい」である。

「あの、どうして部長のせいなんですか」

意味がわからず、由乃は聞き返した。ちなみに部長の家は由乃たちの家とはかけ離れた場所にあるし、今朝の伯母さんとの会話には「部長」のぶの字も、苗字《みょうじ》である「野島」ののの字も出てこなかった。彼女が令ちゃんの病気に関《かか》わっているとは、とても思えなかった。

「私さ、昨日の夜、令さんに電話したのよね」

そう言いながら、野島部長は痛そうな表情で顔をしかめた。

「はあ」

でも、たとえ長電話したとしても、電話の向こうの令ちゃんの格好についてまで責任感じることはないのではないか。高校生なんだから、風邪ひかないように衣服の調整くらい自分でやってもらわないと。

「最初はね、昨日の部活の内容なんかを伝えていたのよ」

「ええ」

薔薇《ばら》の館《やかた》で乃梨子《のりこ》ちゃんを迎えるために、昨日は剣道部をサボったんでした、令ちゃんは。

「それから、話が由乃ちゃんのことになって」

「えっ!?」

「令さん、入部希望だってことは知らされていたけれど、入部届け持ってきたことまでは知らなかったのね。だから——」

言っちゃったわけですね、部長。

「ごめんなさい。やっぱり、まずかった?」

どうしよう、と野島部長はしょげ返った。

「……いえ」

口止めしていなかったんだから、言われたからといって怒る筋合いのことではなかった。ただ、何て間《ま》が悪いんだろう、とは思った。由乃は今朝、令ちゃんにすべて打ち明けて和解する予定でいたのだ。

「令さん、由乃ちゃんのことでかなりショック受けていたわ」

それじゃ、部長のせいというよりむしろ由乃のせいってことか。——っていうか、何? 令ちゃんはショックで熱出して休んだっていうわけ? 情けない。

鎮火《ちんか》しかけていた心の炎が、またメラメラと音をたてて燃えはじめた。

何てヤワなの、令ちゃん。——由乃は手をグーにして、家の方角をにらみつけた。

「あの、……由乃ちゃん?」

「部長」

クリンと振り返って、由乃は部長と向き合った。

「え？」

部長は「何事」って感じで身構えた。さっきからの由乃の行動を見ていれば、致《いた》し方《かた》ない反応ではある。

「私、やっぱり是《ぜ》が非《ひ》でも入部しますから」

「はあっ？」

「ですから、よろしくお願いしますっ」

深々と頭を下げると、由乃は満足して三年李組を後にした。そうと決めたら、他の方面にも根回しして回らなくちゃ。

残された部長の、脱力気味のつぶやきが廊下《ろうか》に響く。

「……いったい何だったの」

お下げ髪の少女はスキップして、すでに廊下の角を曲がるところだった。

2

「今日からあなたを指導してくれる部員を紹介するわね」

野島《のじま》部長に引き合わせられたその人を見て、由乃《よしの》は仰天《ぎょうてん》した。

「よろしくね、由乃さん」

「……田沼《たぬま》ちさと」

思わずフルネームでつぶやいてしまった。彼女はあろうことか、以前令《れい》ちゃんと半日デートした憎《に》っくきライバル。そして、ちょっとだけ悲しい思いをさせてしまった人でもあった。

「じゃ、田沼さんあとはよろしく」

なんて部長が去っていったから、道場の端っこに二人きりで取り残されてしまった。中央では、すでに素振りの稽古《けいこ》が始まっている。

水曜日の放課後である。

由乃の入部届けは、部長・顧問《こもん》・養護教諭《ようごきょうゆ》・校医・主治医と巻き込み、火曜日に行われた職員会議の議題でも取りあげられるといった、すったもんだの挙《あ》げ句《く》条件付きで受理された。

比較的スピード裁決だったのは、「根回し」が効いたのだと由乃は思っている。根回しといっても、大それたことをしたわけではない。ただ、昔から自分がどんなに剣道をやりたかったかということを切々《せつせつ》と訴え、手術をしてやっと夢を叶《かな》えるチャンスが巡ってきた喜びを語り、皆さんに心配かけないよう決して無理はしないことを誓って回った。それだけのことだ。

多少オーバーには言ったけれど、嘘《うそ》はついてない。令ちゃんがふてくされて寝込んでいるうちに入部してしまえ、と、ちょっぴり張り切った結果だった。

関係者の誰か一人でも、由乃が部活動を続けることに支障《ししょう》があると判断した場合、その指示に従うこと。――それが由乃に課せられた入部の条件だった。

つまり、「疲れたみたいだから今日は上がりなさい」とか「具合が悪そうだから休みなさい」と言われた瞬間、竹刀《しない》を取りあげられてしまうわけである。

身体《からだ》の調子さえよければ大丈夫ということになるのだけれど、関係者の一人に「支倉令《はせくら》」の名前が含《ふく》まれていることがちょっと気になった。令ちゃんには、たった一言で由乃の剣道人生を握りつぶせる権力が与えられたのだ。

「あなた、いつから剣道部にいるのよ」

稽古の様子を横目で盗み見しながら、由乃は田沼ちさとに尋《たず》ねた。

「一年の終わりよ。だから少しだけ由乃さんの先輩。というわけで、光栄にもあなたの指導員に大抜擢《だいばってき》されたってわけ」

一年の終わりというと、あのデートの直後かもしれない。令ちゃんの顔を見るのも嫌になったかと思ったけれど、ちさとさんはなかなかどうして図太い神経の持ち主《ぬし》だったようだ。

セミロングだった髪を潔《いさぎよ》く切って、令ちゃんほどじゃないけれどかなり短めの段カットが、悔《くや》しいけれどよく似合う。以前よりすっきりして、本当に憎らしいくらい可愛《かわい》くなった。

「また、どうして私の指導員になんて」

「由乃さんは中途入部の二年生。剣道未経験者な上に、運動らしい運動だってやってこなかったでしょ」

「悪かったわね。……だから？」

「まあ、聞きなさいよ。そういう人がいきなり門を叩《たた》いたところで、すぐに竹刀振り回せるような甘い世界じゃないってこと。そこで、由乃さんにはまず基礎《きそ》体力をつけてもらわなくちゃいけないの。それくらいのことは、わかるわよね」

気に障《さわ》る言い方だけど、こっちが先に悪態ついたのだから仕方ない。

「基礎体力をつけるって？　何するの？」

「ストレッチとか、筋トレとか、軽いランニングとか、そんなとこかな」

準備運動みたいなものを、部活動の時間内延々とやるわけだ。今年度入部してきた一年生たちも剣道初心者は、最初のうちはそういったメニューだったそうで、最近やっと竹刀を握らせてもらえるようになったとか。

「ということは、私は一人でやるわけね？」

道場では、素振りが続いている。中には剣道を始めたばかりらしい、初々《ういうい》しい掛け声が混じっていた。

「だから私がつき合って指導するから。入部したての時は、私も黙々とストレッチしたんだから文句言わない。さ、やるわよ」

防具こそ着けていないが稽古着を着用している人に「やるわよ」と言われては、体操着姿は「はい」と従うしかない。数カ月のキャリアの違いで指導される側となったのは悔しいが、由乃がこれから戦わなくてはならない相手はちさとさんではないから、ここで無駄《むだ》吠《ぼ》えしてもはじまらない。

「由乃さん。本当に身体固いわね。お風呂上がりに、家で自主トレしなさいよ」

由乃の背中を押しながら、ちさとさんは言いたい放題だ。しかし言ってることは間違っていないので、抗議もできなかった。

「ちさとさん」

「んー?」

「ううん、何でもない」

由乃は言いかけて、やめた。声をかけてはみたものの、何を言おうとしていたのか自分でもよくわからなかった。

「何でもない、って何よ?」

「いや、もうちょっと背中はやさしく押して」

「こう?」

ちさとさんは笑いながら、ますます力を入れて背中を押してきた。膝《ひざ》の後ろがキーンって張った。

ちさとさんの時は、誰が指導したのだろう。ちょっと気になったけれど、その「ちょっと」をちさとさんに気づかれたくなくて、由乃は前屈運動に全神経を集中させた。

(令ちゃんは、ちさとさんのことを黙っていた)

別に大したことじゃないけれど、気にし出すと妙に気になる。

げすの勘《かん》ぐりだとは重々承知《しょうち》の上で、ちさとさんがいたから令ちゃんは由乃を剣道部に近づけさせたくなかったんじゃないか、なんて卑屈《ひくつ》な考えが浮かんでは消える。

そんなわけないのに。

根っこの部分では、信頼しきっているのに。

後輩を指導する部長の声が、耳に届いた。ここに令ちゃんがいないのが、由乃にはとても不思議に思えるのだった。

3

木曜日の昼休み。

薔薇《ばら》の館《やかた》に招集がかかっていたので、由乃《よしの》はお弁当を持って教室を出た。同じクラスの祐巳《ゆみ》さんも一緒だ。

「剣道部、どう？」

「うん。まあね」

今のところは、まだ「ストレッチマラソン筋トレ同好会」といった感じだ。一日やっただけなのに、足腰が痛くてだるい。

「がんばってね」

「……どうも」

あまりがんばる気が起こらないような元気のない友の励ましに、由乃は釣り合いのとれた弱々しい礼を述《の》べた。二人とも何だか疲れていた。

疲れているけれど、昼休みに山百合会《やまゆりかい》の仕事をしなければならない。秋の学園祭に向けて、すでに活動が始まっていた。

放課後、残れる人が集まって一つ一つ仕事を片づけてはいるのだが、次から次へとやるべき事が出てくるといった具合で、なかなか手が空《あ》く暇《ひま》がない。令《れい》ちゃんがダウンし、祥子《さちこ》さまも家の用事とかで早く帰ったりと、中心にならなければならない人たちが揃《そろ》わないのだから、当然といえば当然なのだった。

「あ」

由乃は、廊下《ろうか》の先に志摩子《しまこ》さんの姿を見つけた。いつもながら人目を引く麗《うるわ》しの白薔薇《ロサ・ギガンティア》さまは、窓からの日差しが突然陰《かげ》ったせいか憂《うれ》いを秘めて妙な色気を醸《かも》し出していた。

三人は軽くほほえみ合うと、「ごきげんよう」も省略して並んで歩きだした。

「乃梨子《のりこ》ちゃんも来るの?」

「いいえ」

志摩子さんは、当然のように首を横に振った。ということは、まだ二人は正式に姉妹《スール》になっていないということか。煮《に》え切《き》らないったら。

志摩子さんが何を迷っているのか、由乃にはわからなかった。さっさとロザリオ渡して、姉妹になってしまえばいいのに。両想《おも》いで、本人同士もそのことを十分わかっていて、二条《にじょう》乃梨子にその資質があって、誰も反対していない。

そういえば、志摩子さんと佐藤聖《さとうせい》さまの時もこんな感じだった。何だかわからないけれど、気にしているのは本人だけ。今回だって、結局収まるところに収まるのだろうけれど、どうしてこうも時間がかかるんだろう。

好きならロザリオ渡す。嫌になったら突き返す。――それでいいじゃない、簡単なことなのに。

「ごきげんよう」

一年生の教室が並ぶ廊下には、一年生たちの集団が待ちかまえていて、由乃たちに親しく挨《あい》拶《さっ》をしてきた。

「ごきげんよう、皆さん」

疲れがたまっていて、由乃はいつものサービス笑顔を振りまけそうもなかった。

それに、ここで捕まって足止めされてしまったら大変なので、とうつむき気味に歩いていたら、うまい具合に一年生たちは追ってこなかった。

憂いを秘めたつぼみ、云々《うんぬん》という言葉が聞こえて耳の後ろあたりが痒《かゆ》くなったが、戻って訂《てい》正《せい》するのもばかばかしいのでそのままにした。

彼女たちの幻想を、無理に壊すこともなかろう。意識的に、しずしずと歩いたりして。

「どうしたの」

一年生の集団が見えなくなった頃、志摩子さんが尋《たず》ねてきた。

「どうしたの、って?」

示《しめ》し合わせたわけでもないのに、由乃と祐巳さんの声とがハモった。

「えっと……」

志摩子さんが言うには、二人ともいつになく静かなのだそうだ。

「静か?」

祐巳さんは由乃の口数が少ないと指摘するが、由乃に言わせれば祐巳さんこそ暗い顔をしている。やっぱり祥子さまとうまくいっていないんだろうか、そう思った。

「気のせいでしょ」

否定して再び歩き出す。でも、本当は由乃も気づいていた。口数が少ないのは、何も部活の疲れのせいばかりではない。暗い顔をして見えるのだって、はっきりしない天気が悪いわけではないのだ。

中庭に出た途端、三人は同時にため息をついた。

「何よ」

自分のことは棚《たな》に上げて、由乃は二人を非難した。自分一人の気持ちでさえ持て余《あま》しているのに、周りがどんよりしていちゃますます気が滅入《めい》ってくる。

「何、って由乃さんだって」

拗《す》ねたみたいに唇《くちびる》を突きだす、祐巳さんの反応は正しい。そして。

「二人とも、何か悩みでもあるの?」

志摩子さんが、心配そうに尋ねた。

「ため息ついている人に、相談できるわけないじゃない」

そんな風に素っ気なく、由乃は答えた。これは、たぶん八つ当たり。人の好《よ》さそうな志摩子さんの顔を見たら、つい口走ってしまったのだ。

「それに、ため息の種なんてそんなにいくつも転がっていないわよ」

フォローしようと思ったが、口をついて出た言葉はあまりフォローになっていなかった。むしろ、自分自身に言い聞かせているみたいに聞こえた。

薔薇の館に入る段になって、志摩子さんは「用事を思い出した」と言って校舎へと戻っていってしまった。ちょっと気になったので、由乃は。

「……気に障《さわ》ったかな」

祐巳さんに確認をとってみたが、「そんなことないでしょ」と簡単に否定された。それでも気になって、階段を上り始めた祐巳さんの腕を摑《つか》んで重ねて聞いた。

「私さ、夢中になると時々周りが見えなくなるんだわ。もしかして、自分で気がつかないうちに人を不快にさせてやしない？」

「えっ？」

祐巳さんは、怪訝《けげん》な顔をして聞き返す。

「たぶん祐巳さんにだって」

「私は別に――」

「ううん」

部活動を始めたことで、当然のように部活のない祐巳さんに負担がかかっていくはずなのだ。

乃梨子ちゃんが、手伝いにきてくれるということなので少しは助かるけれど。二年生は現在三人とも妹をもたない身であるから、新学期に入ってからは、いつでも人手が足りない状況だった。

何もそんな時に部活を始めなくてもよかったのに――。落ち着いて考えれば、自分でもそう思う。祐巳さんは思ってなくても、思っている人はたくさんいるはずだ。

「妹、つくろうかな」

きしむ階段を踏みしめながら、由乃はつぶやいた。

「……どうしてそう話が飛ぶの」

「以前から考えていたことよ。つぼみ二人じゃ、薔薇さまたちを支えきれないし」

「労働力のために妹もつの?」

一段遅れて階段を上る祐巳さんは、目を丸くして尋ねる。

「志摩子さんなんかは抵抗あるみたいだけど、そんな風に割り切って考えるのも一つの選択肢《せんたくし》じゃないかな」

「うん……、でも……」

今ひとつ納得しきれない様子だ。

「それに、もっと気持ちを分散させないと」

由乃は階段を上りきって、大きく息を吐《つ》いた。

令ちゃんのことばかり考えていたら、脳味噌《のうみそ》が煮詰まって頭蓋骨《ずがいこつ》に焦《こ》げついてしまいそうだった。

4

金曜日になって、やっと令《れい》ちゃんは学校に出てきた。

「おはよ」

「おはよ」

気まずいけれど、一応挨拶《あいさつ》を交わし家の門を出る。三日見なかっただけだけれど、令ちゃんは目に見えてやつれていた。別にふらついたりはしないが、並んで歩いていて「大丈夫かな」と心配したくなる。

でも、由乃《よしの》が支えたり、鞄《かばん》を持ってあげたりすることが、令ちゃんのプライドをどれほど傷つけるかわかるだけに、手出しはしない。

本当に、呆《あき》れるくらい、そういうことだけはわかっちゃうのだった。

「由乃」

令ちゃんが、真《ま》っ直《す》ぐ前を見ながら横を歩く由乃に言った。

「剣道部に正式に入ったそうね」

「……うん」

ほんの少し後ろめたくて、やはり由乃もまともに目を合わせずうなずいた。

誰だか知らないが、ご丁寧《ていねい》に病欠の令ちゃんに一々報告を入れていた人がいるらしい。まあ、剣道部の連中は全員令ちゃんサイドの人間といっても過言《かごん》ではないから、どこから情報が流れたって不思議ではない。

「入部したっていっても、まだ準備体操しかやらせてもらえないけどね」

久しぶりに言葉を交わしたせいか、何だか興奮した。由乃は舞い上がりながらも、一生懸命《けんめい》言葉をつないだ。けんかを仕掛けたのは自分であったが、このままいい感じに会話が弾《はず》んで、自然に仲直りしたっていい、とまで思っていた。

しかし令ちゃんは、ただ「そう」と冷静にうなずいた。

「由乃の人生は由乃のものだからね。私に止める権利はないってことだよね」

「令ちゃん……?」

何を言いたいのか、わからなかった。部活動を認めてくれたのか、それとも突き放されてしまったのか、それすら判断できなくて、どう反応していいかわからない。

「ベッドの上で私、いろいろ考えた」

「考えた、……って?」

「剣道のこととか、姉妹のこととか」

由乃のことを考えていた、って。ストレートに、そう言えばいいのに。

「それで、反省すべき点があったんじゃないかと。主《おも》に姉妹のあり方について、だけれど」

「えっ?」

「私たちの関係は、普通の姉妹とは違う。だから、いつもこんな衝突《しょうとつ》の仕方をしてしまうんだ」

「うん……まあ、それはそうかもしれないけれど」

話がどこに向かっているのかわからないので、由乃はあやふやにうなずいた。やつれているせいかもしれないけれど、令ちゃんの顔がいつになく深刻に見えて、こういう時は十分に警戒が必要だって心の中でつぶやいた。

「ねえ由乃。私はお姉さまとして、あなたに部活動をやめるように言い諭《さと》すこともできるのよ」

「言い諭す？　懇願《こんがん》でしょ」

「そうね、懇願。……でも、たぶん由乃は従わないよね」

「正しいことなら従うよ。でも、令ちゃんの反対理由には説得力がないもの」

朝練だの、万年裸足《はだし》だの、厳しい世界だのと言われたからって誰が入部を諦《あきら》められるものか。そんなことで由乃が弾《はじ》かれるならば、誰だって剣道部に入ることができないだろう。

「何でこんな風になってしまうのか、ずっと考えていた」

「その考えっていうのが、私たちが他の姉妹とは違う、ってところにつながるわけ？」

「そもそも、姉妹になったところから間違っていたのかもしれない」

「――」

それを言ったらお終《しま》いじゃない、っていうことを、令ちゃんは平然と口にした。

「つまり、何が言いたいわけ？」

「あなたが好きにするなら、私も考え直さなくちゃならない、ってことよ」

足を止めて振り返った令ちゃんは、真顔で由乃にはっきり告げた。

「由乃に振り回されるのは、もうたくさんなの」

5

令《れい》ちゃんが、学校復帰早々部活動にでるという。

夕方から歯医者の予約が入っていた部長が部活を休んだため、令ちゃんが後輩の指導を引き受けたというわけだ。

だから放課後、由乃《よしの》も武道館に向かった。山百合《やまゆり》会の仕事の方も気になっていたけれど、祐《ゆ》巳《み》さんたちがいいと言ってくれたので甘えた。何倍も何十倍も、令ちゃんのことの方が大事だった。

今朝は顔色があまりよくなかったから心配だった、っていうこともある。部活を休めば、令ちゃんに負けるみたいで嫌という気持ちもある。でも一番気になったのは、令ちゃんの意味ありげな言葉だった。

(姉妹のあり方について反省すべき点、だって?)

腹筋運動をしながら、由乃は考えた。何を反省して、どう改善しようというのだろう。

「上半身だけで行こうとしないで。ほら、足がついていってないよ」

令ちゃんの声が、道場の中に響いた。

「脇《わき》ががら空き」

今日武道館を使用しているのは剣道部のみだから、道場をフルに使える。中心に立って、令ちゃんは後輩たちの指導をしていた。稽古《けいこ》の声をBGMに、由乃は端っこで基礎《きそ》体力をつけるトレーニングをしている。水曜日に一通りやったので、やり方はわかったから、ちさとさんには自分の練習に戻ってもらった。いつまでもつき合わせては気の毒だ。

「攻めようって場所をじっと見ないの。相手に動きを読まれちゃうでしょ」

聞いていてほれぼれするような声。剣道をやっている時の令ちゃんは、一番格好いい。昨日まで病気で休んでいた人とは、とても思えない。

昔からそうだった。竹刀《しない》持つと急にシャキッとするんだ、令ちゃんは。それでもって、やっぱり稽古着が誰よりもよく似合う。

(いー……ち。にー……い。さー……ん。しー……い)

スクワットしながら、令ちゃんの横顔をそっと眺《なが》めた。さっきから、こっちに一度も顔を向けやしない。

考え直さなくちゃならない、って登校しながら令ちゃんは言っていた。それは、部活動では無視するという意味だったのかな、と由乃は考えた。

(じゃあ、従姉妹《いとこ》で姉妹になったところから間違っていた、っていうのは？)

わからない。股《もも》とふくらはぎが悲鳴をあげ、尻《しり》がドスンと床についた。頭の方もうまく働かないが、それ以上に身体《からだ》はバテバテだった。

気配に気づいた令ちゃんが、チラッと見た。とっさに由乃がピースサインをすると、プイッとまた背中を向けてしまった。

（なーに、あれ）

感じ悪いったらない。部活に私生活持ち込むな、ばか。

心の中で毒づきながら、由乃はタオルで噴《ふ》きだした汗を拭《ぬぐ》い、滑らないように汗の落ちた床もふいた。

（まったく、何なのよ）

ばかみたいなのは自分だ、って思った。突然でどうリアクションしていいかわからなかったとはいえ、何で指二本立てちゃったんだろう。けんかしている相手に。

どうせなら、中指一本にしてやればよかった。――リリアン女学園の生徒としては、絶対にあり得ない仕草だけれど。


「由乃さーん。終わるよ」

整理体操を終えて、床の雑巾掛《ぞうきんが》けをしながら、ちさとさんが声をかけてきた。

「うん、もう少しだから」

顧問《こもん》と部長が作ってくれたメニューは、由乃にとって時間内にこなすのは至難の業《わざ》だった。

普通の高校二年生ならば楽々できることなのだろうが、膝《ひざ》をつけての腕立て伏せでさえ三回と続かないので、休み休みで時間をとってしまうから。

改めて、基礎体力がないって実感する。義務教育期間中、まともに体育の授業を受けずにきたツケがこんなところででるものとは。

最初は竹刀を持たせず体力作りに勤《いそ》しませるという指導は、正しい気がした。

「無理することないよ。メニューは一応の目安なんだから」

雑巾をひらひらさせながら、ちさとさんがしゃがむ。剣道部で由乃に声をかけてくれる一般部員は、ちさとさんくらいだ。

ただでさえ二年生の新人は中途半端なのに、由乃は支倉《はせくら》令の妹なわけである。先輩でありながら自分たちより下《した》っ端《ぱ》の部員、おまけに黄薔薇《ロサ・フエティダ・アン・ブウトン》のつぼみという偉《えら》そうな呼び名のついている上級生に対して、一年生たちが距離の取り方を謀《はか》りかねて敬遠するのは仕方ない。

二年生は、令ちゃん目的で入部した部員たちが多くて、部活動という彼女たちのテリトリーに由乃が踏み込んだことに対して、面白くないと思っている人たちが多数派。

三年生は部長と令ちゃんを除《のぞ》いて、ほとんどが出たり出なかったりの半分幽霊部員と化していた。

「ちさとさんも帰っていいよ。こっちの床は、ちゃんとやって帰るから」

あとは由乃の周囲およそ二メートル四方を残して、雑巾掛けは終了していた。片づけを終えた部員たちは、「お疲れさまでした」と言って次々に道場を出ていく。気がつけは、ちさとさんと由乃の二人きり。令ちゃんの姿もない。

「手伝うから、一緒に帰ろう」

ちさとさんは、涙がでるくらいやさしい言葉をかけてくれた。でも、由乃は首を横に振った。

「大丈夫。一人でできるよ」

意地になっていた。時間はかかっても、与えられた課題をやり遂《と》げてからでないと帰れなかった。

「でも、雨降りそうだよ」

「うん」

頑《かたく》なな由乃の態度に見切りをつけたのか、ちさとさんはため息をついて雑巾を置いた。

「……程々《ほどほど》にしなね」

「ありがとう」

ひたひたという足音が、次第に遠くなっていく。由乃は、黙々とストレッチを続けた。一人になると、途端に道場が広く寒々と感じるものだ。

誰もいなくても平気だった。かえって、集中できるくらいだ。

誰もみていないけれど、手抜きなんかする気は起きなかった。別に、「マリア様がいつもみてらっしゃいますよ」というシスターの口癖《くちぐせ》なんて信じちゃいない。ただ。負けたくないからやっているだけだ。

(負ける？　いったい何に？)

自分自身に、だろうか。それとも令ちゃんに、だろうか。

どちらでもあり、またどちらでもない気がした。というより、由乃の心の中に棲《す》む「令ちゃんと自分」は、それぞれ漠然《ばくぜん》とした形を形成しているものの、くっつきすぎて厳密なつなぎ目がなくなってしまっているのだった。

メニューを全部やり終え、床の雑巾掛けを始めたところで、道場に入ってくる足音があった。顔を見なくても気配でわかった。由乃の「良心」、令ちゃんだ。

「帰ったんじゃなかったの？」

「帰りかけた。でも、帰れなかった」

「ふうん」

いい頃合で現れたところを見ると、令ちゃんは武道館の中のどこかで息をひそめ、道場の様子を伺《うかが》っていたのだろう。時間は十分にあったはずなのに、まだ稽古着のままだ。

由乃は、バケツの水で雑巾を洗ってきつく絞《しぼ》った。

「私、やめないよ」

「うん。決心はよくわかった。頑張っていたしね」

令ちゃんに「頑張った」と言われて、正直とても嬉《うれ》しかった。でも顔に出すのが悔《くや》しくて、由乃は床をゴシゴシと拭く。

「それでも、令ちゃんは気に入らないんだね」

「気に入らないんじゃないよ。困っているの」

令ちゃんはしゃがんで、大きなため息をついた。

「困っている?」

「そう。困って、自分を持て余《あま》してる」

手持ちぶさたなのか、バケツの中に手を入れて中の雑巾を取り出すものだから、由乃はあわてて奪い取った。これは由乃の仕事だ。令ちゃんに手伝われる筋合いはない。

「たぶん」

令ちゃんは苦笑して立ち上がると、バケツから離れた。

「私は、自分のテリトリーを守ろうとしていたんだと思う」

「テリトリー? 剣道部のこと?」

「そう。というより、剣道部における自分の位置みたいなものかな。由乃には、部活している私はどんな風に見える?」

「すごく格好いいよ。後輩のことよく指導しているし」

由乃が思ったままを口にすると、令ちゃんは。

「そういう自分のこと、結構気に入っているの」

なんて、恥ずかしげもなく言ったのだった。

「そう。じゃあ、かえってよかったんじゃないの?」

由乃が剣道部に加わったことで、令ちゃんは格好いい姿を可愛《かわい》い妹に見てもらえる機会に恵まれたわけなんだから。

「……よくないよ」

令ちゃんは、ずるずると床に座り込んだ。今にも泣きそうな顔をして、自分の短い髪をかき上げる。

「由乃がここにいると、私はだめなの」

「だめ、って?」

「心が乱れるの。今日だって必死に耐《た》えたんだからね」

なるほど、それが無視の理由か。

「由乃が打ちのめされていないだろうか。けがをしていないだろうか。――情けないけど、きっとそんなことばかり考えるのよ。私は、もともと精神力が弱いの。それを隠して、強いふりして、偉そうに後輩の指導なんかしているんだから」

「うん」

由乃はうなずいた。それは前から知っている。

「だいたい、そんなお粗末な人間によ? 他の後輩と由乃を、一緒に指導なんかできるわけないじゃない。後輩たちは可愛いけれど、由乃は別だもの。平等に接しなければならない、って考えている時点で、私の中ではもう差がついているんだわ」

「……」

たかだか高校生の部活動なのに、ずいぶんと真面目《まじめ》に考えているものだ。まあ、そこが令ちゃんのいいところでもあるけれど。

「つまり令ちゃんは、由乃のことを贔屓《ひいき》しそうで怖いんだ」

「もしくは、贔屓しまいと思うあまり由乃に厳しくあたりそうでね」

「そっか」

今までの反対の理由に比べて、それはとてもわかりやすかった。ああそうか、それなら仕方ない、って由乃が思わずうなずいてしまいそうなくらい、令ちゃんの正直な思いが伝わってきた。

「笑ってもいいわよ。由乃の身体を心配だから反対だ、って自分だってそう思っていたけど、違ったんだわ。本当は私自身の都合だったの」

「笑えないよ」

由乃は雑巾を放っぽって、令ちゃんの首に腕を巻きつけた。「ごめんね」と「かわいそうに」

と「大好き」と、全部が混ざりあった感情でギュッと抱きしめた。

令ちゃんの苦悩は、由乃から生まれたものだ。だから、由乃は笑えない。

「自分で自分が嫌になる。呆《あき》れたでしょ。由乃、もう私のこと見限ってもいいよ」

「令ちゃん……」

震える声に身体を離すと、令ちゃんの頬《ほお》に涙がつたっていた。それを追いかけるように、雨が武道館の窓ガラスに水玉模様を描きはじめた。

ポツポツ。ポツポツ。武道館が、雨音に取り囲まれる。

「ロザリオを返せ、ってこと？」

由乃が尋《たず》ねても、令ちゃんは否定しなかった。何も言わないということは、肯定《こうてい》しているのだ。積極的ではないだろうけれど。

今朝の令ちゃんの言葉は、ここにつながっていたのだ。由乃は気づかなかった。いや、何度も「もしかして」と頭を過《よぎ》ったけれど、その度《たび》「まさか」と打ち消してきたのだ。

「そうだね。そうしたら、令ちゃんは由乃に振り回されずに済むね」

言いながら、笑顔を作ろうと思ったけれど、なかなかうまくいかなかった。由乃が令ちゃんにロザリオを突き返すことは考えても、逆のパターンを思い描いたことがなかった。令ちゃんは由乃が何をしても絶対に見捨てない。そんな風に、どこかでタカをくっていた。

「その方がいいの？　ねえ、由乃のこといらなくなったの？」

由乃は、令ちゃんの両肩を摑《つか》んで迫った。

今、まさかの事態に直面して、すごく動揺していた。剣道部に入っただけで、どうして令ちゃんを失わなければならないのだ。

剣道と令ちゃん、どちらを選ぶかと問われれば、由乃は迷わず令ちゃんをとるだろう。同じ秤《はかり》にのせるのが不可能なほど、令ちゃんの方が遥《はる》かに重い。なのになぜ、って混乱していた。

「由乃のことがいらなくなるはずないじゃない」

令ちゃんは、そこのところははっきり否定した。

「由乃のことを想《おも》う気持ちは、一ミリグラムだって減ってないよ」

「うん。それならいい」

由乃の心の揺《ゆ》れが、ピタリと止まった。令ちゃんは由乃を嫌いになったわけじゃない。それさえわかれば、大丈夫だった。

「令ちゃん。私、令ちゃんのためなら、何だってできるよ」

「由乃……」

それは本心だった。令ちゃんの存在に勝てる相手なんて、この世に誰もいない。由乃は、自分以上に令ちゃんのことを好きだから。令ちゃんが由乃を好きでいてくれれば、それが一番幸せなんだから。

「令ちゃんがどうしてもっていうなら、剣道部だってやめるよ。でもさ」

由乃は訴えた。それじゃ解決しないんだ、って思った。

「そうすると、令ちゃんもっと弱くなると思う。苦しいことから逃げたっていう記憶が残るし、由乃にだって負《お》い目《め》ができるでしょ」

しゃべりながら考えがまとまってきたから、令ちゃんに口を挟ませて思考が中断しないように、早口でまくし立てた。

「だから私、今はやめたくない。剣道部も令ちゃんの妹も、どっちもやめないでがんばることにする。——以上」

由乃は、ふーっと息を吐《つ》いた。言いたいことは、かなり言えたと思う。

半《なか》ば放心状態で聞き入っていた令ちゃんは、由乃の「以上」でやっと我《われ》に返ったようだ。

「……何をがんばるの」

「令ちゃんが、道場に由乃がいても大丈夫になるまで、剣道部にいる。それで、令ちゃんに精神力を養わせてあげるの」

「精神力……？」

そんなことでつくものかな、なんて訝《いぶか》しんでいる令ちゃんを放って置いて、由乃は雑巾掛けを再開した。何だかウキウキする。雨足は激しくなってきているのに、雲間の先に一筋の光が見えてきたみたいな気持ちだ。

「つくよ。山百合会《やまゆり》では、由乃が側《そば》にいたってちゃんと仕事ができてるじゃない。こんなの慣れよ」

「慣れ……、か」

「つくつく、慣れ慣れ」

雑巾掛けしながら由乃が呪文《じゅもん》のように繰り返すと、言葉の魔力が効いてきたようで、令ちゃんも「そうかもしれないな」なんて笑顔を取り戻した。ほんと、単純なんだから。でも、そういうところも好き。

一番好きなところは、由乃を好きだっていうところ。

バケツや雑巾を片づけ、更衣室で着替え終わっても、まだ外の雨は止《や》んでいなかった。

「令ちゃん。校舎まで、走る?」

教室に帰れば、由乃のロッカーに置き傘がある。

「あ、そうだ」

令ちゃんはまるでマジックみたいに、武道館の出入り口の下駄箱の裏からビニール傘を取りだした。

「ずいぶん前から置きっぱなしだから、これ借りていこう」

武道館にはもう誰もいないし、明日もとの場所に返しておけばいいから、って。

「雨止んで人傘を忘る、だね」

「そのお陰《かげ》で、私たちが濡《ぬ》れなくて済む」

令ちゃんは扉の鍵《かぎ》を閉めて、埃《ほこり》っぽい傘を開いた。

それは骨が一本折れていて、ひしゃげた形だったけど、二人がピッタリくっつけば十分傘の役割は果たした。

「令ちゃん」

歩きながら由乃は、令ちゃんの顔を見上げて尋ねた。

「今でも、由乃に剣道部やめて欲しいと思っている？」

じっと見つめられた令ちゃんは、照れくさそうに答えた。

「もう少し、振り回されてみることにしたよ」

雨降って、地固まる。

高等部の裏庭の土はぬかるんで、歩くたびにクチャクチャと音をたてていたけれど。

レイニーブルー

傘をなくした。

コンビニエンスストアの傘立ての中においた私の長傘が、買い物をしている間に忽然《こつぜん》と消えてしまったのだ。たった三分、目を離してしまったがために。

買い物は、バター一箱だった。

雨の降り始めだから、誰かがさしていってしまったのだろう、とアルバイト店員は言いながら、事務的に紙とボールペンを差し出した。

たぶん、戻ってこないでしょうけれど、一応、名前と電話番号を書いてください、と。

私は祈るような気持ちで、丁寧《ていねい》に自分の連絡先を記入した。

それは、亡《な》くなったお祖父《じい》ちゃんから買ってもらったものだった。

淡いブルーの花柄《はながら》で、さすと紫陽花《あじさい》の下にいるみたいで幸せな気分になれた。もうずいぶんとくたびれてはいたけれど、大好きな傘だった。

無塩バターと普通のバター、迷わなければ間に合ったのだろうか。

それとも、お釣りがないように小銭を出したらよかったのだろうか。

いろいろ考えているうちに涙があふれてきて、メモを書き終えるとすぐに、コンビニを飛び出した。

店の人がビニール傘を貸してくれると言ったけれど、あの傘でなければ嫌だった。あの傘の代わりに、別の傘をさして帰るなんてとてもできなくて、雨の中泣きながら走って家に帰った。

盗《と》られたとは思いたくなかった。

雨の日に傘を盗るような人がこの世にいるなんて、信じたくはなかった。

雨の中をびしょ濡《ぬ》れで帰る持ち主のことを考えたら、気軽にさしていくことなんて絶対にできるわけない。

それなのにどうして――。

マリア様がなぜ、そのような行為をお見過ごしになったのか、どうしても納得できなかった。

コンビニでバターを買っただけの私が、天罰《てんばつ》のように雨に降られている理由もわからなかった。

濡れ鼠《ねずみ》で帰った私を慰《なぐさ》めるために、お母さんは私が買ってきたバターでパウンドケーキを焼いてくれた。でも、いつもの味よりどこかしょっぱく感じられた。

有塩バターのせいではない。私が、泣きながらケーキを食べていたからなのだ。

私にとって、あの傘は特別だった。

かけがえのない存在だった。

予感

1

「ごめんなさい」

マリア祭の翌日、祥子《さちこ》さまが珍しく頭を下げた。

「はい?」

お姉さまが謝るなんて雪でも降るんじゃないだろうか、と祐巳《ゆみ》は空を見上げた。

快晴。

五月晴《さつきば》れっていうのかな。校舎と校舎に挟まれた中庭から見上げる空は、綿埃《わたぼこり》みたいな雲がほんの少しあるだけという、もうピッカピカの晴れ間が広がっていた。まさにマリア様の心、だ。

それなのに、祥子さまのお顔といったら。暗いっていうか、塞《ふさ》いでいるっていうか、つまりは曇り空みたいなのだった。

薔薇《ばら》の館《やかた》でお弁当を食べ終わった昼休みに、「祐巳、ちょっと」なんて言われた時は、食後の散歩かしらなんて期待していそいそついていったものだけど。天気はいいし、薔薇の館のある中庭には芝生《しばふ》が多いから昼寝するのもいい、なんて。

でも、考えてみたら、今までそんな素敵なお誘いをうけたことなんて一度もなかったわけで。順当に考えれば、他の人には聞かれたくない話をしようとしているんだ、ってことくらいはすぐにわかった。薔薇の館の二階には、令《れい》さま、由乃《よしの》さん、志摩子《しまこ》さんといったいつものメンバーがくつろいでいた。

「実はね」

「は、はいっ」

唾《つば》をごくっと飲み込んで、祐巳は身構えた。祥子さまがこれから何を言い出すのか、何が「ごめんなさい」なのか見当がつかないだけに、ビクビクしながら言葉を待った。

「遊園地へ行くという話ね、できれば来週に延ばしてもらえると助かるんだけれど」

「え？　は？」

二人で遊園地へ遊びにいく。

それは、桜の季節やマリア祭の時期と重なってしまったがために流れてしまったホワイトデーと誕生日プレゼントの代わりに、祐巳がリクエストした半日デートのプランだった。ジェットコースター抜き、という条件つきで。

「どうかしら」

「あ、はい。構いませんよ。そんなことでしたら」

もっとすごいことを言われるのかと思った。計画を立てたのは、昨日の夕方のことだから。祥子さまが家に帰ってみたら、予定が入っていたということだってあるだろう。

「いいの？　ああ、よかった」

祥子さまは、胸を押さえてほっと息を吐《は》いた。その表情を見て、祐巳も安心した。深刻な話じゃなくてよかった。

一週間くらいずれたからといって、怒るはずないのに。そんなことくらいで曇り空だったんだ、お姉さまは。

中止じゃなくて延期なんだから、気にすることなんて全然ないのに。

中間テストも近いから、ちょうどよかったかもしれない、なんて祐巳は思った。祥子さまは試験勉強を一切しないから関係ないかもしれないけれど、勉強をした上で平均点をキープしている祐巳としては、試験前の貴重な一日を試験準備のために当てられるのは助かることだった。来週だったら、テストも終わっていることだし、のびのび遊べるってものだ。

「祐巳は、聞き分けがいい妹で助かるわ」

祥子さまは、いつものように祐巳のタイを直しながらほほえんだ。

芝生の端にある小さな花壇《かだん》で、デージーの花が笑っているみたいに揺《ゆ》れた。

けれど。

その次の日曜日も、遊園地デートは実現しなかった。

キャンセルはやはり祥子《さちこ》さま側からで、二日前の金曜日のことだった。

2

その日は中間テストの最終日で、どの学年も午前中三科目片づけて下校というスケジュールになっていた。

「祐巳《ゆみ》さん、今日は館《やかた》の招集ないよ」

鞄《かばん》を持って教室を飛び出した祐巳に、由乃《よしの》さんが「おーい」と声をかけた。

「うん。わかってる」

試験期間中は、原則として部活動や委員会活動などは休みということになっている。最終日だから騒がなければ多少の居残りはお目こぼししてもらえるけれど、至急の仕事があるわけでもないので、山百合会《やまゆりかい》の活動も今日はなかった。

「——けど、どうして薔薇《ばら》の館だと思ったの？」

立ち止まって尋《たず》ねると、

「態度がね、まるわかり」

呆《あき》れたように、由乃さんは笑った。

「いそいそドキドキ。もろ、『祐巳ちゃん、祥子さまに会いにいく』の図だもん」

「ほんと!?」

それは気づかなかった。いつの間にかいそいそドキドキ、になっていたらしい。確かに足は弾《はず》んでいた気がしないでもない。

「その、緩《ゆる》んだ顔もね、ひどいわよ。もうちょっと、締まりのある表情にしてから行かないと、祥子さまに注意されるわよ。『祐巳シャキッとしなさい』」

「あ、はいっ」

祐巳は思わず「気をつけ」って背筋が伸びた。

「やだ、祥子さまそっくり」

二人は同時に吹き出した。

「明後日《あさって》のこと考えると、にやける気持ちもわからないではないけど?」

「そーなの。約三カ月ぶりのデートでしょ。嬉《うれ》しいんだけど緊張もしちゃって。何だか落ち着かないのよ」

ドキドキ、ワクワク、ソワソワって感じに。

「おやまあ」

「それでね、細かいことなんだけど、日曜日の待ち合わせ時間とか場所とかを決めてみたら落ち着くかもな、なんて」

で、祐巳は祥子さまの教室を訪ねるところなのだ。相談にかこつけて会いたいというのが本音。運が良ければ、駅まで一緒に帰れるかもしれないし。

「それはそれは、お引き留《と》めしてごめんなさい」

「いえいえ」

その時、フラッシュが光った。

「すみません、福沢《ふくざわ》祐巳さんと島津《しまづ》由乃さんですよね。週刊リリアンですが、写真を一枚」

武嶋蔦子《たけしまつたこ》さんが、カメラを構えて笑った。

「困りますっ」

鞄で顔を隠して、祐巳は反応した。上機嫌だったので、思わず蔦子さんのコントにのってしまったのだ。

「事務所を通してくださいっ」

由乃さんもノリノリ。中間テストが終わったので、多かれ少なかれみんなハイになっているのだ。

カシャ、カシャ。

シャッター音が心地いい。まるで本当のスターにでもなったみたい。

「ふむ」

蔦子さんがカメラを下ろし、満足げにうなずいた。

「ご協力感謝。いい写真ができたら、進呈《しんてい》するからね」

挨拶《あいさつ》もそこそこにスキップしながら廊下《ろうか》に出る「カメラちゃん」のカメラからは、ジシャ――っていうフィルムが巻き戻る音がしていた。

「蔦子さーん、部活動は休みだよ」

由乃さんが手でメガホンを作って、蔦子さんの後ろ姿に叫んだ。

「了解してまーす」

とは言いながら、彼女がこれからクラブハウスに直行して、写真部の暗室で現像作業をするのは明らかだった。

「フィルムが余《あま》っていたから、もったいなくて撮ったわけね」

「そういうこと」

二人は互いに顔を見合わせて、「やれやれ」と肩をすくめた。

とはいえ、どうやら蔦子さんも、テストが終わるのを心待ちにしていた人の一人のようだ。

「ほら、早く行かないと祥子さまが帰っちゃうよ」

由乃さんが肩を押した。

「あ、そうだった」

思わぬ時間をとってしまった。今から教室に行っても間に合うだろうか。いっそ、下足室や昇降口に直行した方が会えるかもしれない。

「祐巳さん」

別れ際《ぎわ》、由乃さんが尋ねた。

「今すぐ幸せでしょ？」

「もちろん」

祐巳は即答した。大好きなお姉さまと、日曜日に二人だけの時間をもてるんだから。それまでの時間も、カウントダウンしていくのはすごく嬉しいのだった。

「よかったね」

「うんっ」

その気持ちは、祐巳にだけ与えられた宝物だった。

下足室の小型ロッカーには、祥子さまの革靴が揃《そろ》えて入れられていた。

（と、いうことは……）

お姉さまはまだ、校舎の中にいる。

祐巳は、いそいそしながら祥子さまの教室へと向かった。三年松《まつ》組に差し掛かると、教室の前に祥子さまの姿があった。

扉に右肩をもたれかけるような姿勢で、誰かと立ち話をしている。後ろ姿だったけれど、間違えやしない。黒くて長い艶《つや》やかな髪。遠目でもわかる、抜群のプロポーション。

「お姉……」

呼びかけようとして、ハッとした。祥子さまの向こう側にいる生徒の姿が、目に入ったからだ。

左右に一つずつの縦《たて》ロールを揺《ゆ》らす自称女優、松平瞳子《まつだいらとうこ》ちゃん。彼女の、甘えるような声は少し離れた祐巳のもとまで届いた。

「ね、いいでしょ? 祥子お姉さまのお邪魔《じゃま》は、決してしませんから」

「だめよ。遊びじゃないんだから」

何だかわからないが、祥子さまが拒絶している。

「瞳子は、一緒にドライブできるだけで嬉しいもの」

「困るわ」

「いい子にしますからぁ」

駄々《だだ》っ子《こ》がおねだりするみたいに、祥子さまの手を取ってブラブラ揺らす。何て大胆《だいたん》な振る舞い。妹の祐巳だって、そんなことさせてもらったことないのに。

「瞳子ちゃん、聞き分けてちょうだい」

困惑《こんわく》気味にため息をつく祥子さま。それでも食い下がる瞳子ちゃん。

「お願い、お姉さま」

何が悲しくてこんなシーンを見ていなきゃいけないんだ、と思いつつも、その場から離れられない祐巳。かといって、近づいて二人を引き離すこともできずにいると。

「あ、祐巳さま」

あろうことか、瞳子ちゃんに気づかれてしまった。

「え……?」

瞳子ちゃんの視線の先を追って振り返った祥子さまは、祐巳を見て、一瞬だけれど気まずそうな顔をした。

(な、……何!?)

瞳子ちゃんと親しげに話しているところを目撃した時よりも、祥子さまのその表情の方が祐巳には遥《はる》かにショックだった。

瞳子ちゃんはいいのだ。傍若無人《ぼうじゃくぶじん》な態度をとったり、姉妹《スール》制を無視するような言葉遣《づか》いをしたとしても、それは第三者の行動として割り切ることができる。祥子さまと自分のこととは、別の次元で考えられた。

けれど、祥子さまは違う。

一挙一動が、祥子さまの意志によって決定されている以上、ちょっとした表情の変化が祐巳を不安にも幸福にもさせるのだった。

「どうしたの」

ほほえんで尋ねる祥子さまは、気の回しすぎかもしれないけれど、何だか取り繕《つくろ》っているように見えなくもなかった。

「……いえ」

祐巳は、瞳子ちゃんをチラリと見た。楽しい日曜日の話題を、二人以外の人の前でするのははばかられた。

「では紅薔薇《ロサ・キネンシス》さま、私はこの辺で。祐巳さま、どうぞごゆっくり」

瞳子ちゃんは気を利《き》かせて、その場をさらりと祐巳に譲《ゆず》った。

まるで自分が追い出したみたいできまり悪かったが、仕方ない。この状況で逃げるわけにもいかないし、自分は祥子さまの妹で、ちゃんと用事があってここまで来たんだから、って心の中で何度もつぶやいてどうにか踏みとどまった。

「瞳子ちゃん、どうかしたんですか」

縦ロールが廊下を曲がったところで、祐巳はそれとなく尋ねてみた。

「瞳子ちゃん？　ああ、いつものことよ」

その、いつものことって何なんですか。聞きたい言葉をぐっと堪《こら》えた。焼き餅《もち》をやいているみたいで、嫌だった。

「それより祐巳の用は」

「あ、あの——」

祐巳が言いかけると、

「もしかして、遊園地デートの相談かしら」

なんて、祥子さまの方から切り出してくれた。

「はいっ」

返事は短く元気よく。でも、炭酸みたいに弾《はじ》けている祐巳とは正反対に、祥子さまはトロンとした目つきでうつむくのだった。

「確か、次の日曜だったわよね」

「はあ……」

何か、いやーな予感がした。だって、ため息みたいに息を吐《は》いたりしているんだもの、祥子さま。

「もしかして。ご都合が悪くなった、とか」

「ええ、まあ。でも、どうしても、という用事でもないから……」

「——」

だから日曜日は大丈夫と言われたとしても、そのことを聞いちゃった以上は、そちらの用事を優先してください、って言うしかないじゃないですか。「聞き分けのいい妹」の立場では。

「お姉さま。私のことだったら気になさらないでください」

祐巳はガッカリしていたけれど、精一杯の笑顔を作って言った。

遊んでいたって、きっと祥子さまは用事のことを時々思い出して心から楽しめないだろうし、上《うわ》の空の祥子さまの側《そば》にいる祐巳だって面白くない。

本当は残念で残念で仕方ないけれど、無理は禁物。瞳子ちゃんみたいに「お願い、お姉さまぁ」なんて甘えられないんだから。キャラじゃないんだから。

「本当？」

助かった、って顔をして祥子さまは聞き返した。一回くらい「悪いわ」とか「大丈夫よ」とか言って遠慮するかと思ったけれど、すぐに祐巳の申し出を受け入れたのだった。

「その次の週はきっとですよ」

「わかったわ。ありがとう」

ホッとしている祥子さまを見て、祐巳は「ま、いいか」と思った。お姉さまが安らげるような妹を目指しましょう。「祐巳の側が落ち着くわ」って、そう思ってもらえるようになろうと思った。

一緒に帰れたらいいな、と思っていたけれど、実現してみるとそれはそれほど楽しいものでもなかった。またもやデートが順延となってしまったことで、祐巳のテンションはガクンと落ちてしまったのだ。

昇降口から図書館の脇《わき》を通って銀杏《いちょう》並木に差し掛かるところまで、何となく無言で歩いてしまった。祥子さまは考え事でもしているようで、ずっとうつむいたままだった。祐巳が隣にいてもいなくても、同じなのではないか、って心配になる。日頃から、積極的に話題を探そうなんてしない人ではあった。

だから祐巳は、自分がここにいるんだって思い出させたくて、声をかけた。お姉さまは、咲き始めた紫陽花《あじさい》の花にさえ顔を向けない。

「あの、お姉さま？　用事って、お父さまのお仕事の関係とか……」

「いいえ」

祥子さまは、首を横に振った。

「じゃ、お家のこと……？」

「まあ、どちらかといえばそうなるかしら。いろいろあって……」

何となくはぐらかされてしまったような気もするけれど、お家のことって聞かされては、なかなかしつこく尋ねられないものがある。

でも、気になる。自分との約束よりも優先された用事のこと。

「お家のことといえば、清子小母《さやこおば》さまはお元気ですか」

「ええ。おかげさまで」

「父も祖父も元気にしてるわ。……でも、それがどうかして?」

祥子さまは顔を向けた。これまで尋ねたことのないような話を振ったので、訝《いぶか》しんだらしい。

「お父さまも」

「あ、いえ」

祐巳はあわてて否定する。

「何となく聞いてみただけなんです」

でも、聞いてみて、少し安心した。お家のことであっても、ご家族のどなたかが病気というわけではないらしい。だがそうなると、じゃあいったい何なんだろう、って考えた。

先週も、同じ用事だったのだろうか。それとも、たまたま二週続けて急に予定が入ってしまったのか。ストレートに聞いていいのか、悪いのか。

悩んでいると。

「瞳子ちゃん」

突然、祥子さまが名前を呼び間違えた。

「え?」

いや、違った。視線は祐巳ではなく、もっと先へと伸びていた。そこにいたのは、確かに瞳子ちゃんだった。

「あ、祥子お姉さま」

マリア様の小さなお庭の前の、小さい鉄の門に寄りかかっていた瞳子ちゃんは、二人の姿を見つけると身を起こして手を振った。

「お話お済みになりまして？　瞳子の方の話は途中だったので、ここでお待ちしていたんですよ」

「……」

祥子さまは、少し考えるような仕草をしてから、振り返った。

「そういうことだから、祐巳。ごめんなさい」

言うな否《いな》や、瞳子ちゃんのいる場所に五歩ほど駆け寄って合流し、そのまま一緒に歩いていってしまった。あっという間の出来事だった。——まだ祐巳が、いいとも悪いとも答えていないのに。

取り残された祐巳はしばらく呆然《ぼうぜん》としていたが、やがてマリア像に手を合わせ、それから必要以上にゆっくりと並木道を正門に向かって歩き出した。

前を歩く二人から、少しでも距離を置きたかったということもある。このまま距離を広げてバスを一台見送ればいい、とさえ思った。

今までだって、瞳子ちゃんが一緒に帰ったことはあった。しかし、一緒に歩いてきた祥子さまを、横取りされてしまったことなど過去一度もなかった。

(私がいてはできない話……?)

祥子さまには、もしかして瞳子ちゃんとだけ共有する秘密があるのかもしれない。

たとえあったとしても、どうしようもない祐巳なのだった。

幸せ?

自分自身に聞いてみる。

あこがれの祥子さまの妹になれたんだから、幸せでないはずはない。

でも、ならばどうしてこんなに寂《さび》しいのだろう。

幸せだよ、って心でつぶやいた時、虚《むな》しくなるのはなぜなのだろう。

スマイル　スマイル

1

六月になった。

衣替《ころもが》えだ。

リリアン女学園高等部の制服も、デザインこそ変わらないが生地《きじ》が薄くなって、全体的に軽くなった。だから、意味もなくクルクル回りたくなる。

「……何《なに》回転してんだよ」

開いた扉から顔を出して、弟の祐麒《ゆうき》が呆《あき》れ顔で尋《たず》ねた。冬服の学ランがなくなった花寺学院《はなでらがくいん》の制服は、白の開襟《かいきん》シャツがまぶしかった。

「ふふふ」

だって、気分がいいから。祐巳《ゆみ》は、またその場で一回転した。ふわり。スカートが膨《ふく》らむ。

天気はまずまず。天気予報では、今週末に雨の降る気配はない。ウキウキだってするってものだ。

「祥子《さちこ》さんとのデートがそんなにうれしいかね」

部屋に三歩ほど足を踏み入れて、祐麒は言った。彼のお目当ては、美しい姉、ではなくて、姉のクローゼットの扉の裏についている鏡である。

「嬉《うれ》しいよ」

髪のリボンを結びながら、祐巳は答えた。今朝は気分がいいから、レースで縁取《ふちど》られた明るいブルーのリボンにした。

「毎日会ってるのに？」

「もちろん」

二人きりで出かけるのだ。その時間の祥子さまは祐巳の貸し切りで、誰にも邪魔《じゃま》されないんだから。学校なんかとは全然違う。

「安心したよ」

「何が？」

「ここんところさ、祐巳は元気なかったじゃない？　だから」

祐麒は祐巳の横に並んで、鏡で寝癖《ねぐせ》チェックをした。

一年前まで同じくらいの背丈《せたけ》だったのに、ニョキニョキ伸びるんだ。男の子は。それだけじゃなく、精神の方もちゃんと成長しているから悔《くや》しいんだけど。

「心配してくれてありがとう。でも、もう元気一杯。あのね、祥子さまの方から遊園地の相談とかしてくれるようになったんだ」

祐巳が一緒だから心強いわ、とか。アイスクリームを買ってあげるわ、とか。お揃《そろ》いでジーンズを履《は》いていきましょうか、とか。

この調子だと、今度の日曜日はとても楽しいデートになりそうだ。

「それに留《とど》まらず、祥子さまは、最近何かとやさしい声をかけてくれるんだよね。小さなことに拗《す》ねてた私がばかみたい」

「ふーん」

祐麒は、袖口《そでぐち》のボタンを留《と》め直しながら少し難しい顔をした。

「祐巳の学校生活はさ、祥子さん中心に回っているんだね」

「そうよ。だって姉妹だもん。……何で?」

「依存《いぞん》している、っていうか。ちょっと心配だな、って」

「心配?」

姉の顔色が変わったことに気づいたのか、祐麒はあわてて否定した。

「いや、たぶん俺の取り越し苦労だよ。俺って、……何ていうのかな、ほら、苦労性だから。あまり気にするなよ」

「――うん」

祐巳はうなずいた。うまく笑ったつもりだったけれど、何だか頬《ほお》の辺《あた》りが引きつって変な笑顔になってしまった。

「……ごめん、先行くわ」

居たたまれなくなったのか、祐麒は階段を下りていった。焦《あせ》っていたのか、最後の段で滑って床にお尻《しり》をぶつけていた。

「気になんかしてないもん」

祐巳はクローゼットの扉を閉めると、鞄《かばん》を抱えた。

気にすることはないのだ。

確かに祐麒は、祐巳に比べて繊細《せんさい》なのだった。

2

でもほら、祥子《さちこ》さまはこんなにやさしいし。——祐巳《ゆみ》は、お姉さまをうっとりと見つめた。

「走らなくてもいいのよ」

四時間目教室移動があって、昼の招集に遅れた祐巳に祥子さまはそっとハンカチを差し出した。汗を拭《ふ》きなさい、ってことだ。

「あ、大丈夫です」

きれいなハンカチを汗で汚すのは忍びなくて、祐巳はポケットから自分のハンカチを出して額《ひたい》を押さえた。

依存《いぞん》なんかしていない。たとえしていたとしても、大丈夫。自分たちは、こんなにうまくやっているのだ。

最近は、祐巳の焼き餅《もち》の原因である瞳子《とうこ》ちゃんも薔薇《ばら》の館《やかた》に来ないので、心穏《おだ》やかに暮らすことができた。

でも、何だろう。どこか違う、って感じるのは。

祥子さまがやさしい。それはいいことのはずなのに、何かが変なのだ。

厳しくされることに、慣れすぎたせいではない。これまでだって、幾度《いくど》もお姉さまのやさしさには触れてきた。けれど今、うまく説明はできないけれど、その時とはどこかが微妙に違っていた。

「待って」

祥子さまが、祐巳の髪のリボンをそっと結び直す。

「素敵なリボンね」

「あ、ありがとうございます」

お礼を言って顔を上げると、祥子さまの瞳《ひとみ》はもう祐巳を見ていなかった。

椅子《いす》に座り直して、既《すで》に志摩子《しまこ》さんと話を始めていた。

3

「祐巳《ゆみ》さん、祐巳さん」

土曜日の帰り際《ぎわ》、祐巳は廊下《ろうか》で名前を呼ばれた。

振り返っても誰もいない。首を傾《かし》げて歩き出すと、また声がする。

「ここ、ここ」

死角になっているため、祐巳の位置からは見えないが、声は廊下から少し奥に入った、階段あたりから聞こえてくるようだ。

「……何なさっているんですか。三奈子《みなこ》さま」

下へと続く階段に身を潜《ひそ》ませ床に顔だけ出しているその姿は、新聞部の部長というより、むしろ忍者同好会のくノ一。この人は、時々このような面白い姿を見せてくれる。

「しっ」

「かえって目立ってますけど」

階段にも廊下にも、下校する生徒たちの姿がまだたくさん見られた。

「多少目立っていてもね、見つかりたくない人にさえ見られなければそれでいいのよ」

「なるほど」

築山《つきやま》三奈子さまが避けている人は、妹である山口真美《やまぐちまみ》さんだろうか。それとも、次号の『リリアンかわら版』の記事に載《の》る予定の人物か。

「で、私に何か」

人目を忍んで声をかけてきたからには、ゴシップ記事の生《い》け贄《にえ》予定者は自分ではないのだろう、と祐巳は判断した。

「ちょっといらっしゃい」

ご近所の世話焼き小母《おば》さんが井戸端《いどばた》会議に誘うみたいに、三奈子さまは祐巳の手をとって階段を下りだした。

「は？」

ちょっと、と言われても。

「いいからいいから」

どうせ下におりる予定だったので、いいと言えばいいんだけれど。でも、どこに連行されていくのかわからないのは、あまり気持ちのいいものではない。

「あの……？」

というわけで無理矢理引っ張って来られたのは、三年の教室が連《つら》なる廊下であった。お馴染《なじ》み、三年松《まつ》組教室の扉もしっかり見える位置だ。

「ほら、あれ」

あれ、と指さされた所には、瞳子《とうこ》ちゃんと祥子《さちこ》さまの姿があった。以前祐巳が目撃したのと同様、扉の側《そば》で話し込んでいる。気になるのは、輪をかけて接近しているということだ。

「あの子、マリア祭のあの子でしょ」

三奈子さまが囁《ささや》いた。やはり、マリア祭の日の新入生歓迎会における瞳子ちゃんの印象が、強烈に焼きついているらしい。

「どういうことなのよ」

「どういう、って」

こっちが聞きたいくらいだ、と祐巳は心の中でつぶやいた。どうして、ここに瞳子ちゃんがいるのだ。いや、いて悪いというわけではないけれど、自分がいないところでこんな風に親しげに語らわれていたら、妹としてはやはり面白《おもしろ》くはないのだった。

「いったい、何者なのよ」

「松平《まつだいら》瞳子ちゃん。一年生です」

答えた後、祐巳は少し考えてから、「親戚《しんせき》だそうです」と付け加えた。

祥子さまの名誉《めいよ》のためにフォローをしたというよりも、口に出すことで自分を納得させたかったのかもしれない。

瞳子ちゃんは親戚なんだから。親しくしていてもおかしくないんだから、と。

「親戚？　にしても、親しすぎやしない？　ここんところ毎日、教室訪ねてきてはしゃべくり合って」

「ま、毎日?」

思わず声が裏返った。薔薇《ばら》の館《やかた》に出没しなくなったと思ったら、こんな所で会っていたなんて。

「やっぱり知らなかったのね」

「……知っていましたよ」

祐巳は、精一杯虚勢《きょせい》を張って答えた。祥子さまが瞳子ちゃんと隠れてコソコソ会っていたなんて、認めるわけにはいかなかった。何も知らなかった可哀《かわい》そうな妹になんて、絶対になるわけにはいかなかった。

「だめですよ、三奈子さま」

祐巳は笑ってみせた。以前弟相手にリハーサルしたのが効いたのか、今回はずいぶんと上手《じょうず》にできたと思う。

「私をあおってみても、事件なんて起こりません。私が嫉妬《しっと》して、泣きながら瞳子ちゃんにつかみかかれば、『紅薔薇革命』とかタイトルつけて記事になるかもしれませんけれど?」

「期待してないわよ、そんなこと」

冗談めかして言ったのに、三奈子さまはクスリとも笑ってくれなかった。それどころか、少し怒ったような顔をする。

「わからない？　私は、あなたと祥子さんの関係が壊れて欲しくないと思っているのよ。だから、早く手を打って欲しくてこうして連れてきたんじゃない」

「手、ですか」

「そうよ、手」

三奈子さまは、三年松組教室に背を向けて歩き出した。祥子さまと瞳子ちゃんのツーショットをいつまでも見ていることもないので、祐巳も後に従った。

「思い出しちゃうのよね。祐巳さんを見ていると」

進行方向を真っ直《ます》ぐ見ながら、三奈子さまはつぶやいた。

「何を、ですか」

行きがかり上、祐巳は聞き返した。

「私の友達」

「お友達？」

「そう。お姉さまのせいで傷ついたクラスメイトのことを思い出しちゃう」

前を歩くポニーテールを追いかけながら、祐巳は、三奈子さまはどこに向かっているのだろうと思った。足だけでなく三奈子さまの話も、行き先はわからなかった。

「その子、お姉さまに二股《ふたまた》かけられていたの。ロザリオの授受をした正式な妹である彼女とは別に、陰《かげ》で別の下級生とつき合っていたわけよ。外に出かけたり、物をプレゼントしたり。まあ、普通の上級生と下級生という関係からは逸脱《いつだつ》している間柄《あいだがら》ね。妹にはしないことまで、していたみたい」

「……」

「私の友達はね、気づいていたけれど、気づかない振りをしていた。そうすれば、いつか戻ってきてくれるって信じたかったみたい。まるで夫に浮気をされている、耐える妻みたいでしょ。たぶん、意地になっていたのね。自分が妹なんだから、って。その立場に、ただしがみついていたのよね」

三奈子さまは足を止めて言った。別に目的地があったわけではないらしい。そこは廊下の途中だった。

「その人、どうなったんですか」

祐巳は何となく後ろを振り返った。三年松組の教室が見えなくなって、ずいぶんと経《た》っている。

「どうもしないわ。そのまま」

壁にもたれて、三奈子さまは息を吐《は》く。

「負《お》い目があったからお姉さまはやさしくはしてくれたけれど、ずっと辛《つら》かったって言っていた。別に妹にしたい人ができたなら、そう言ってくれればロザリオを返したのに、って。そうしたら傷はもっと浅くて済んだ、って。高校生活の約半分を、負《ふ》の感情ばかりで過ごしてしまったんですもの。でも最後に怒りが爆発して、お姉さまが卒業した時、ロザリオを投げつけてジ・エンドよ」

「……ジ・エンド」

祐巳の表情が曇ったのに気づいたのか、三奈子さまは「別に」と言ってカラリと笑った。

「祥子さんが浮気しているとは言わないし、ロザリオを投げつけろとも言ってないのよ。けれど、耐えるばかりが能じゃないと思うの。私の友達だって、待ってないで問いつめたらよかったのよ。ロザリオだって、自分から返せばよかったのよ。……それこそ『黄薔薇革命』みたいにね」

『黄薔薇革命』という言葉を聞いて、祐巳の頬《ほお》も思わずほころんだ。クラスメイトの由乃《よしの》さんは、それを実践《じっせん》したのだった。結果、高等部中を震撼《しんかん》させた。

「信じてくれなくてもいいけれど。このことは『リリアンかわら版』に載せる気はないわ。そろそろ引退しようと思っていることだしね」

「引退、ですか」

三奈子さまも祥子さまと同じく三年生だから、進路のことに向けて動き出さなくてはいけない時期なのだった。

「だから、あなた方がうまくいったら……そうね、真美にでも顚末記《てんまつき》書かせてやってちょうだい。あの子は私と違って、いい記事書くから」

「ご心配おかけしてすみません」

「いいのよ、これは私のお節介《せっかい》なんだから。祐巳さんには、作り物の笑顔なんかさせたくないだけ」

軽く手を振って、三奈子さまはクラブハウスの方へ歩いていった。後ろ姿を見送りながら、祐巳はそっとつぶやいた。

「作り物、か」

三奈子さまに見抜かれてしまうようでは、まだまだ修行が足りないようだった。

スウィーツ

1

日曜日の午前七時五十分。福沢《ふくざわ》家に祥子《さちこ》さまから電話が入った。

呼び出し音が鳴った時点で何となく予感がして、だから一番近くにいたのに受話器をとらなかった。

電話に出なければ、誰からかかってきたのかはわからない。わからないまま、家を出てしまいたかった。電話がかかった事実を、黒板消しで消すように、なかったことにしたかった。けれど、家族と一緒に住んでいる身では、それもままならない。キッチンにいたお母さんが、バタバタと出てきて元気に受話器を取った。

「はい、福沢です」

相手の話を聞きながら、お母さんが祐巳《ゆみ》の方をチラリと見た。嫌な予感があたったようだった。

「祐巳ちゃん、小笠原《おがさわら》さんですって」

お母さんは受話器を差し出した。小笠原さんは祥子さまの苗字《みようじ》なのだが、お母さんはすっかり忘れている。祥子さまとお話しする機会があったら、ちゃんとご挨拶《あいさつ》するのだと日頃から言っていたのに、同級生とでも思ったのか、さらりと取り次いでしまった。

子機で話そうかとも思ったが、昨夜祐麒《ゆうき》が部屋にもっていったきりでまだ起きてこない。それに何となく誰かが近くにいてくれた方がいいような気がして、そのまま受話器を受け取った。

「代わりました。祐巳です」

『祥子です』

声の調子で、もうそれ以上聞かなくても内容の予想はついた。ごめんなさい、祐巳。たぶん、そう続くはずだった。

『ごめんなさい、祐巳』

あまりに予想通りだったので、つい笑ってしまいそうになった。本当は笑い事ではないのに。でも、こういうショックってすぐにはやって来ないものだった。後からじわじわ。だから尚更厄介《なおさらやっかい》だったりして。

『今日――』

「だめになりましたか」

祐巳は先回りして言った。そうじゃないかと思ってました、って。だからそれほどショックでもありません、って。やせ我慢《がまん》してみせたかった。

『ええ、急用ができてしまって』

当日の朝にキャンセルの電話がかかってきたのだ、急用でない方がおかしかった。

『約束が延び延びになってしまったから、今日こそって前から空《あ》けておいたのだけれど』

申し訳なさそうな祥子さまの声が、受話器から聞こえてくる。でも何と答えたらいいのかわからなくて、祐巳は黙って聞いていた。

『私も楽しみにしていたのよ』

ひどい、お姉さま。これで何度目だと思っているんですか。私との約束を取りやめて、どこで何をする予定なんですか。誰かと会うんですか。その人は私より優先しなければならない人ですか。――言いたい言葉は、たくさんあった。言ってしまえたら、どんなに楽になるだろう。けれど、それをすべて飲み込んで、代わりに吐き出した祐巳の言葉はというと、

「わかりました」

――だった。

『ごめんなさいね。……じゃ』

余韻《よいん》も何もあったもんじゃない。あまりに素っ気ない電話の切り方。

「祐巳ちゃん?」

受話器を置いた祐巳に、お母さんが心配そうに尋《たず》ねてきた。

「今日、出かけないことになったから」

言いながら泣きそうになったので、あわてて階段を上った。途中、起きてきた祐麒にぶつかりそうになったけれど、泣き顔を見られるのがしゃくだから無言で部屋に飛び込んだ。

「祐巳？　姉ちゃん？　おい、どうしたんだ？」

ドアをノックする音に、「何でもない」って答えた。本当は、何でもないなんてことはないはずなのに。

けれど、弟に何とかしてもらえるようなことではなかった。

祐巳は、ベッドの上で声を殺して泣いた。

遊園地に行けなくて悔《くや》しいんじゃない。悲しくさせるのは、お姉さま自身なのだった。

「何でもないから、構わないで」

何でもない。家族には関係ない。

これは、お姉さまにぶつけるべき涙なのだから。

お姉さま以外には、どうしてもらうこともできないのだった。

2

雨が近くまで来ている。

月曜日。

昨日の今日でくさくさしているというのに、癖《くせ》っ毛の髪が思うようにまとまらなくて、朝から気分は最低だった。

登校すると、下足室で由乃《よしの》さんが上履《うわば》きにあたっていた。何があったか知らないけれど、あんな風に小出しに怒りを放出した方がいいのかもしれない。でも、それができれば誰も苦労はしないんだ。

昼休み、薔薇《ばら》の館《やかた》の入り口に、お馴染《なじ》み縦《たて》ロールの少女の姿があった。

「ごきげんよう、祐巳《ゆみ》さま」

「……ごきげんよう。薔薇の館にご用でしたら、中にお入りになったら?」

気さくに笑いかけてくる瞳子《とうこ》ちゃんに対し、祐巳はいささか嫌味のある言い方をしてしまったかもしれない。でもきっと、そんな風に感じているのは本人だけなのだろう。

「いいんです。クラスメイトたちと中庭でお弁当を食べることになっているので、その前にちょっとお会いできればと思って寄っただけですので」

瞳子ちゃんは「誰に」って部分を省《はぶ》いたけれど、祐巳もあえて尋《たず》ねなかった。言う方も聞く方も、それが祥子《さちこ》さまのことだってわかっているので、会話がちゃんと成立するのだ。

うまい具合にというか間が悪いというか、当の本人が登場したのはそんな時だった。

「あら、瞳子ちゃん？」

どちらが先に声をかけられたか、なんて。そういった細かいことが、今日に限って祐巳は気になって仕方なかった。

「紅薔薇《ロサ・キネンシス》さま。これ」

瞳子ちゃんが一歩前に出て、何かを差し出した。

「ああ。わざわざ持ってきてくれたの。ありがとう」

「休み時間に一度教室に伺《うかが》ったんですけれど、いらっしゃらなかったので」

「選択授業だったのよ」

祥子さまは瞳子ちゃんの手の中からそれを摘《つま》み上げ、左手首に通して金具を留《と》めた。それは、祥子さまがいつもしている時計だった。

（どうして、お姉さまの時計が瞳子ちゃんの手に――）

土曜日の朝、祐巳は祥子さまが確かにその時計をしていたのを見ている。では、下校間際《まぎわ》、瞳子ちゃんと話していた時に祥子さまが何かの事情で貸したのだろうか。

（でも。だったら、『わざわざ持ってきてくれたの』っていう？）

それは、まるで忘れ物を届けてもらった時の言い方だった。

忘れ物。

いったい、いつ、どこで、——って。余計な考えが、祐巳の頭の中で、浮かんでは消える。そして瞳子ちゃんもまた、その場から姿を消した。芝生《しばふ》の中程《なかほど》にビニールシートを敷いた少女たちの中に、戻っていったのだ。

瞳子ちゃんがいなくなると、祥子さまはやっと祐巳に声をかけた。

「祐巳、昨日はごめんなさいね」

「……いえ」

気まずいのは祥子さまの方であろうが、祐巳が先に目をそらした。ちょうど由乃さんが遅れてやって来たので、そのまま一緒に館の中に入ってしまった。

昼休みの薔薇の館は、いつになく静かだった。由乃さんと令《れい》さまはけんかでもしたのか無口だし、祐巳たちも同じようなもの。

いつもはおとなしい志摩子《しまこ》さんでもいてくれれば、それなりに話題をふってくれようものだが、乃梨子《のりこ》ちゃんと今日の打ち合わせでもしているのか、ここには姿を見せない。どこも一杯一杯なのだ。

お弁当を食べ終えると、祐巳は由乃さんと軽く部屋の掃除を始めた。放課後、乃梨子ちゃんは志摩子さんに付き添われて薔薇の館に来るという。ホームルームの後、各クラス分担の校内清掃をしてから薔薇の館に集まるわけだから、お客さまを迎える直前に館内の掃除をしている暇《ひま》はなさそうだった。

薔薇さまの二人は、テーブルで学園祭用の資料に目を通している。

時折、祥子さまの視線を感じたけれど、祐巳は掃除に夢中になっている振りをして無視した。

おおかた、昨日のフォローでもするつもりなのだろう。けれど、祥子さまのやさしい言葉が、祐巳には辛《つら》く感じ始めていた。

よくよく考えてみたら、このところの祥子さまの言葉はやさしいのではなく甘いのだ。表面をコーティングされた砂糖菓子を口にした時のように、もらうとちょっと幸せな気分になる。中に入っている物を想像して、嬉《うれ》しくなったりもする。

しかし、それだけだった。チョコレートも、ナッツも、ほんのちょっとの洋酒も、中からは決して現れない。祥子さまの言葉の中身は空洞で、期待した分だけむなしさが広がる。それがわかってしまったから。

できればもう、口に入れたくはない。それが本音だった。

辛《から》くたって苦《にが》くたっていいから、もっと実のある言葉が欲しい。そう思うのは、祐巳の我がままなのだろうか。

自分には過ぎたお姉さまをもった悲劇。

(三奈子《みなこ》さま、難しいよ)

耐《た》えるばかりが能じゃない、とアドバイスされたけれど。

出来の悪い妹は、自分からロザリオを返せない以上、嫌われないようにじっと耐えるしかないのだった。

3

「紫陽花《あじさい》の別名を知っていますか」

古文の授業の途中で、先生が言った。

キリのいいところまで訳し終えて、それでも終業のチャイムまではまだ少し間がある。そんな時、始まった雑談だった。クラスメイトの誰かが、家の庭から切ってきた紫陽花の淡いブルーが、教室の一部を彩《いろど》っていた。

「紫陽花の花の色が変わるのは皆さんもご存じね。ですから、そこから異名もたくさんある生まれているのですけれど。メジャーなところでは、『七変化《しちへんげ》』というのがあります。忍者みたいでしょう?」

六十は越えているだろう上品な女講師は、それから紫陽花の花の色が変化する条件とか変色の経過などを十分間ほどしゃべって、授業を終えた。

締めくくりに教えてくれた花言葉が、祐巳《ゆみ》の心に妙に染み込んだ。

——移り気。

紫陽花の花を見ながら思った。ブルーのままでも、こんなにきれいなのに。どうして色を変えてしまうのだろう。

移り気。

祥子《さちこ》さまの心も以前とは変わってしまったのだろうか。

4

時間というものは一定に流れているものだけれど、心の有り様《よう》によって、長かったり短かったりするものだ。

休み時間を待ちわびる授業中はあまりにゆっくりとした足どりで、訪ねてこない人を待つ休み時間は瞬《まばた》きをするくらい早く過ぎてしまう。

祐巳《ゆみ》は、祥子《さちこ》さまが教室に来てくれればいいのに、と思っていたのだ。

自分から会いにいくのでも、薔薇《ばら》の館《やかた》で居合わせるのでもなく、祥子さまの意志でわざわざ祐巳に会いにきて欲しかった。

そして、瞳子《とうこ》ちゃんとのことをちゃんと話してもらいたかった。遊園地をキャンセルして瞳子ちゃんに会っていたなら、納得できる説明をして欲しかった。

けれども、フォローはなかった。

祥子さまは会いにこなかったし、瞳子ちゃんと鉢合《はちあ》わせするのも嫌なので、祐巳も教室を訪ねていかなかった。

放課後に何かアクションがあるかもしれないと待ってみても、祥子さまは近頃さっさと帰ってしまう。

避けられているのだろうか、と一時は心配にもなったが、よくよく観察してみると、むしろ眼中にないといった感じで、かえって落ち込んだりしたものだった。

そうして、金曜日。

山百合会《やまゆり》の仕事で、久しぶりに放課後祥子さまと薔薇の館に残った。志摩子《しまこ》さんと、新しく仲間入りした乃梨子《のりこ》ちゃんも一緒だ。由乃《よしの》さんと令《れい》さまは部活動に出ていて、いない。

たまった仕事を片づけている間はいい。

祥子さまがこの場にいる以上、どこかで誰かと会っているのではないかと、不安にならずに済む。雑談を惜しんで黙々と手を動かす作業をしていれば、お姉さまの行動を疑っていることを見抜かれることもないだろう。

けれど、一段落して休憩という段になると、祐巳は急に薔薇の館の二階が居心地悪くなってしまった。

目の前に祥子さまがいる。何もせずに、ただ椅子《いす》に座っているだけの祥子さまが。

（祐巳）

今にもそう呼びかけられそうなそんな距離にいて、でも声は発せられることはない。

何もしていないのだったら、話しかけてくれればいいのに。そう思う反面、祐巳には祥子さまの言葉が怖くもあった。

お茶でも入れに立てば息がつけるだろうが、新人の乃梨子ちゃんは気が利《き》く子で、祐巳がそうしようと思った時には、すでに準備を始めているのだった。

志摩子さんは、窓の外を眺《なが》めている。今にも雨が降りそうな、そんな空を見上げてため息を吐《は》く。

そんな時、祥子さまが言ったのだった。

「乃梨子ちゃん。その『志摩子さん』という呼び方ね、どうにかならないものかしら」

乃梨子ちゃんは、一年生。志摩子さんは二年生。リリアン女学園高等部の伝統で、下級生は上級生に対して名前にさまをつけて呼ぶことになっている。

しかし、乃梨子ちゃんは志摩子さんを以前からなぜか「志摩子さん」と呼んでいた。最初は祐巳も違和感を覚えていたのだが、いつの間にか慣れてしまって、今では何とも感じなくなっていた。けれど、祥子さまは違ったらしい。

「こういうことは志摩子がちゃんと躾《しつけ》なければならないことよ」

志摩子さんの責任とまで、厳しく注意した。そうなると、志摩子さんのことが大好きな乃梨子ちゃんは黙っていない。マリア祭を思い出せばわかるように、三年生を相手に少しも動じない子なのだ。

「大きなお世話です」だの「年功序列反対」だのと喚《わめ》いて、乃梨子ちゃんは抗議した。それこそ、祥子さまの美しい顔を歪《ゆが》ませるくらいの迫力で。

気の毒なのは、山百合会と乃梨子ちゃんの板挟みとなった志摩子さんだった。どちらか選べと迫られた彼女は、プレッシャーに耐《た》えきれなくなってとうとう逃げ出してしまった。

「志摩子!」

「志摩子さん!」

祥子さまと乃梨子ちゃんの声が、きれいに揃《そろ》う。けれど、ビスケット扉から出ていった志摩子さんは引き返さない。いつもは静かに階段を昇降する志摩子さんが、ギシギシと音をたてながら駆け下りていった。

「……やりすぎちゃったかしら」

長い黒髪を肩に払いながら、祥子さまがつぶやいた。

「乃梨子ちゃんの出番よ」

「は?」

呆然《ぼうぜん》としていた乃梨子ちゃんは、我《われ》に返って聞き返した。

「志摩子のお守《も》り。できるでしょ」

「あ」

「お願いね」

祥子さまが扉に向かってそっと押し出すと、乃梨子ちゃんは振り返って大きくうなずいた。

「任《まか》せてください」

階段を駆け下りる音に被《かぶ》って、雨が降り出した。たぶんこの件は、これでうまい具合に片づくのだろう。

それは目出度《めでた》いことのはずなのに、祐巳の中ではなぜか釈然《しゃくぜん》としないものが残った。他の姉妹の心配はするくせに、自分の妹のことは放ったらかしにしているお姉さまの態度が悲しかった。

「お姉さまは、意外に世話焼きなんですね」

窓を閉めながら、祐巳は言った。

「世話焼き?」

祥子さまが聞き返す。

「さっきの。志摩子さんが乃梨子ちゃんを妹にするきっかけを作られたんでしょう」

「さあどうかしら」

そうそっけなく言いながら、祥子さまは帰る仕度を始めた。仕事は一段落していたし、志摩子さんや乃梨子ちゃんもいなくなってしまったから、今日はここまでと決めたらしい。

「待ってください、お姉さま」

部屋には二人しかいない。祐巳がどんな思いでいるのか、お姉さまに伝えられるとしたら今がチャンスだった。

「次の約束をください」

「次？」

「一緒に遊園地へ行ってくださるって、そうおっしゃったじゃないですか」

「約束はできないわ。また反古《ほご》にしてしまうかもしれないもの」

「それでも」

祐巳は叫んだ。

「約束をもらえれば、その日までは安心していられますから」

自分で、何を言っているのかわからなかった。言いたかったのは、そんなことではない。でも、はずみで出た言葉こそが真実であったかもしれない。

「駄目《だめ》になってもいいんです。約束をしてもらえたなら、その日までは私――」

「祐巳……」

祥子さまは少し驚いたように祐巳を見つめた。こんな風に真っ直《まっす》ぐ相手と向き合ったのは、どれくらいぶりだったろう。

強くなってきた雨音の中、二人の間に沈黙が訪れる。

互いに相手の言葉を待っていたその時、階段を上ってくる足音が聞こえてきた。乃梨子ちゃんたちが戻ってきたにしては早かった。

「祥子お姉さま！」

ノックもなしに入ってきたのは、瞳子ちゃんだった。彼女は真っ直ぐ祥子さまに駆け寄ると、何やら耳打ちした。

祥子さまは何度かうなずき、最後に「わかったわ」と言った。その内容は祐巳には届かなかったが、祥子さまが瞳子ちゃんと一緒に帰ろうとしていることくらいはわかった。

「お姉さま。まだ、話が途中です」

とっさに祐巳は、呼び止めた。何とかして阻止《そし》したかったのだ。今、瞳子ちゃんにだけは、祥子さまを連れていかれたくはなかった。

「祐巳……」

祥子さまは瞳子ちゃんに階下で待っているように告げると、祐巳に向かって言った。

「今は予定がたたないから、あなたと約束することはできないの」

瞳子ちゃんの足音が小さくなる。

「じゃあ、いつだったら」

「それはわからないわ」

うつむいて、祥子さまはつぶやいた。

「お姉さま」

夏とか秋とか。漠然《ばくぜん》とした約束でよかったのだ。そうすることで、祥子さまの心の一部を預かっていたかった。

「聞き分けてちょうだい」

祥子さまは鞄《かばん》を持って、背を向けた。

「行かないで、お姉さま」

懇願《こんがん》しても、だめだった。お姉さまは、構わず歩き出した。

駄々《だだ》をこねて手に負えなくなった困った妹。——きっとそんな風に思っているに違いない。

「紅薔薇《ロサ・キネンシス》さまー」

階下から、急《せ》かすような瞳子ちゃんの声がする。扉に手がかかった時、祐巳は破れかぶれになって叫んだ。

「私より瞳子ちゃんの方を選ぶんですね！」

祥子さまは立ち止まった。ゆっくりと振り返った顔は、今まで見たこともなかったほど怖かった。

「……怒るわよ」

そんな言葉を残して、祥子さまは出ていった。階段の下で待つ、瞳子ちゃんのもとへ行ってしまった。

「怒るわよ——だって」

祐巳は一人残された部屋で、小さく笑った。怒りたければ、怒ればいい。負い目を補うためのやさしいほほえみや甘い言葉なんかより、よっぽどよかった。

だから、怖い顔をされたというのに祐巳は心のどこかで嬉《うれ》しかった。祥子さまを、そこまで怒らせることができたのだ。それが怒りの感情であれ何であれ、心が真っ直ぐ届いたことにこそ価値がある。

なんてひねくれた愛情だろう、そう思う。無理な約束をせがんだり、わざと怒らせるような言葉を言ってみたり。

心が不安定になっている。祐巳は、ガラス窓に打ちつけられる雨を見た。

この雨。

きっと天気のせいなのだ。

だから気持ちが晴れないのだ、と。

5

しばらく雨粒がガラスを転がり落ちる様を眺めてから、祐巳《ゆみ》はカップを洗って薔薇《ばら》の館《やかた》を出た。鞄《かばん》が残っているから、いずれ志摩子《しまこ》さんたちは戻ってくるだろうけれど、待たなかった。

ブルーの傘をさして、うつむきがちに歩く。いつもとは違う道を選んだのは、紫陽花《あじさい》の花が咲いている場所を通りたくなかったからだ。

花の色が今朝とは違っていたら、立ち直れないような気がした。

「祐巳ちゃん」

銀杏《いちょう》並木を歩いていて、突然呼ばれた。振り返ってそれが誰だか認識できた時には、その人は祐巳を目がけて駆け寄ってきていた。

「傘入れてちょ」

「聖《せい》さま!?」

それは、何と志摩子さんのお姉さまである佐藤《さとう》聖さまだった。どうやら聖さま、大学校舎の通用口付近で雨宿りをしながら、獲物《えもの》が通りかかるのを待っていたらしい。で、うっかり捕まったのが祐巳であった。

「傘に入れてくれるようなお友達、たくさんいるでしょうに」

呆《あき》れながらもほっとして、祐巳は傘を差し掛けた。聖さまは濡《ぬ》れたブラウスをハンカチで軽く拭《ふ》いた後、傘の柄《え》を奪ってカラリと笑った。

「でも降り出したのさっきだもん。お友達が帰る時は、まだ降ってなかったしね」

「聖さまは、何か用事でもあって残っていたんですか」

「んー。まあ、大したことじゃないんだけど――」

一度高等部校舎の方に視線を向けてから、聖さまは尋《たず》ねた。

「志摩子は変わりないんでしょ?」

「志摩子さん?」

どうして、って祐巳は首を傾《かし》げた。卒業したんだから頼らないで、と言っていた聖さまが、残してきた妹のことを気にかけるなんて。

「昨日の昼休み、この辺りで志摩子らしき人を見たっていう人がいてね。私、昨日の授業サボったから、今朝聞いたわけよ、その情報。休み時間、大学校舎の近くを意味もなくうろうろするような子じゃないし。もしかして私に何か用でもあったかな、なんて思ってさ」

ということは、聖さまは志摩子さんを待ち伏せしていたということになる。授業が終わってどれくらい経《た》つのか知らないけれど、雨が降る前からずっと。高等部の生徒たちが帰る姿がよく見える場所で、妹の様子を一目なりとも見て帰ろう、と。

志摩子さんは何て幸せなんだろう、と祐巳は思った。卒業してからも、案じてくれているやさしいお姉さまがいるのだ。あまりにうらやましくて、つい涙が出そうになったので、あわてて目をそらした。突然泣いたりしたら、聖さまに変に思われる。

「志摩子さんなら、たぶん乃梨子《のりこ》ちゃんとどこかで雨宿りしているはず……」

「——ならいいか。祐巳ちゃんと帰る。駅まで入れてって」

小さくうなずいて、一緒に歩き出す。志摩子さんに悪いけれど、聖さまを少しだけ貸してもらうことにした。聖さまがそこにいてくれるだけで、祐巳はいつもの「祐巳ちゃん」でいられるような気がした。

いつだったか、やはり聖さまに助けてもらった時があった。あれはバレンタインデーの直前、祥子《さちこ》さまと些細《ささい》なことでうまくいかなくなって、古い温室でいじけていたら迎えにきてくれたのが聖さまだった。

あの時、聖さまは何と言ってくれたのだったか。自分はどうやって浮上できたのか。祐巳には思い出せなかった。それはもう、遠い昔の記憶のように。

「——何?」

校門の側《そば》まで来ると、聖さまが言った。

「は?」

何、って。その直前に祐巳は何も言っていなかったから、逆に聞き返した。すると、聖さまは思いがけないことを言ったのだった。

「心の中のもの、ぶちまけていいよ。傘に入れてもらったお礼に聞いてあげる」

会ってからこっち、祐巳は百面相した覚えはなかった。けれど、きっとわかってしまうんだこの人には。祥子さまには通じないことでも、難なく察してしまえるのだ。

どう反応していいのかわからず、祐巳は無言で聖さまの顔を見上げた。

「さしずめ、悩みの原因は縦《たて》ロール?」

「……何で知っているんですか」

「さっき、祥子がこの道を通った。私には気づかなかったけどね」

やはり、瞳子《とうこ》ちゃんと一緒だったというわけだ。聖さまに気づかなかったのなら、きっと楽しくおしゃべりでもしていたのだろう。

「相合《あいあ》い傘じゃなかったよ」

「そんなこと——」

「うん。そんなこと、だったね」

それでも、相合い傘じゃなかったと聞いてホッとしている。自分は、聖さまと相合い傘をしているのに。かなり現金な話だった。

停留所でバスを待つ間も、祐巳は「ぶちまける」ことができなかった。聖さまに話せばすっきりするかもしれない。だが、話すことで、自己嫌悪《けんお》に陥《おちい》るような気がした。

これは自力で解決するべきことなのだ。卒業した人に、いつまでも頼っていてはいけない。

聖さまも、何があったのかは聞かなかった。ただ、マリア様のような慈悲《じひ》深いほほえみを浮かべて、一言いっただけだ。

「祐巳ちゃん。祥子を見捨てないでやってよ」

見捨てられそうなのは私の方です、——そんな言葉を飲み込んだその時。

雨の中、バスがライトを光らせながらこちらに走ってくるのが見えた。

青い傘　紅い傘

1

土曜日、祥子《さちこ》さまには会わなかった。

祥子さまは、学校を休んだからだ。あんな別れ方をしてしまったので、会いたくないと思っていた祐巳《ゆみ》だが、校舎のどこにもお姉さまがいないとなると、それはそれで寂《さび》しいものがあるのだった。

「祥子さまも休みだし。今日は居残らずに帰ろう、って。令《れい》ちゃんが」

由乃《よしの》さんは、いつの間にか令さまと仲直りをしていた。今朝下足室で会った志摩子《しまこ》さんも、乃梨子《のりこ》ちゃんのお陰《かげ》かいつになく明るい顔をしていたし。黄色と白は、いい感じである。

休み時間、一年椿《つばき》組教室には瞳子《とうこ》ちゃんの姿があった。祥子さまと一緒に欠席ではなかったのだ、と安心して戻ったのだが、祐巳は反面、そんなことまで疑う自分が悲しく、疑わせるような祥子さまを恨《うら》めしく思った。

家に帰ってもくさくさして、気晴らしに散歩に出ることにした。雨が降り出しそうだったので、傘立てから傘を引き抜くと、お母さんに買い物を頼まれた。

コンビニでバター一つ。——そこで、傘をなくしたのだ。

ずぶ濡《ぬ》れで泣きながら家に帰り、玄関で大声をあげて泣いた。

「祐巳ちゃん⁉」

わんわん泣いているとそれを聞きつけて、お父さんとお母さんと祐麒《ゆうき》が家のあちらこちらから集合した。傘をなくしたという理由があったから、家族の前でも隠さず泣けた。

「……他人《ひと》の物、勝手に持っていかないでよ」

祐巳は、玄関のたたきにしゃがみ込んで、上がり框《がまち》を何度も何度も拳《こぶし》で叩《たた》いた。

「私の大切な物、盗《と》らないでよ」

なくした傘は、祐巳にはまるで祥子さまのように思われた。

2

日曜日の夕方。

祐巳《ゆみ》は小笠原《おがさわら》家に電話をかけた。

以前のようにドキドキはしなかった。

いないかもしれない。きっと瞳子《とうこ》ちゃんと出かけているだろう。——まるでアリバイを確かめるみたいに、電話番号を指で押した。

心の奥のどこかで、冷たい水が流れている。

もし、いたら。

金曜日の詫《わ》びを言えばいい、そう思った。祐巳は、自分が全面的に悪いとは思っていないけれど、言い過ぎたことは承知《しょうち》していた。

祥子さまが瞳子ちゃんと出かけていないことさえわかれば、いくらでも素直に謝れるだろう。それで明日顔を合わせる時に、少しでも気まずさが解消されるのであれば、電話をかけた意味もあるというものだ。

『小笠原でございます』

電話口に出たのは、中高年の女性の声。清子小母《さやこおば》さまではなかったので、お手伝いさんであろうと思われた。

祐巳が名乗って、祥子さまが在宅であるか尋《たず》ねると、考えるように少し間をおいてから『お待ちくださいませ』と告げて電話を保留にした。

「……お姉さま、いるんだ」

不在なら、いないと言って電話を切るだろう。バックで流れる音を聞きながら、祐巳はちょっとだけときめいた。しかし。

『もしもし。祐巳ちゃん?』

電話を代わったのは、若い男の声だった。

「はっ?」

『柏木《かしわぎ》です。久しぶりだね』

頭の中がグルグルした。確かに小笠原家に電話をかけたのに、何で柏木さんが出るの、って。その時点で、柏木さんが祥子さまの従兄《いとこ》だっていう情報が欠落していた。

「あの……?」

『さっちゃん、家にはいるんだけれどちょっと電話に出られないんだ』

お風呂かな、と頭に浮かんだけれど、それはわざわざ柏木さんが代わってまで言うことではなかった。黙っていると、変に気を回した柏木さんがあわててフォローした。

『ちょっと車に酔って休んでいるんだ』

「車――」

『誤解されないように言っておくけど、僕とさっちゃんが二人でドライブしたわけじゃないからね。瞳子も一緒だから安心して』

「瞳子ちゃんが」

瞳子ちゃんがいることの方が祐巳には心配だって、柏木さんには絶対に思い当たらないことなのだろう。

『うん、今も瞳子が介抱《かいほう》している。あの子は意外にしっかりしているから、任《まか》せていて安心だよ。僕なんか部屋の中に入れてもらえない』

柏木さんは、電話口でさわやかに笑った。

「……そうですか」

そんな風に何気ない相づちを打ったものの、祐巳の心中は穏《おだ》やかではなかった。

瞳子は、一緒にドライブできるだけで嬉《うれ》しいもの、嬉しいもの、嬉しいもの。——いつだったか聞いた瞳子ちゃんの言葉が、頭の中でリフレインする。

『何か用だった？　言《こと》づてがあったら伝えるけど。あ、瞳子に代わった方がいい？』

「いえ。急ぎではないですから。学校で会った時に話します」

『そう？　悪いね』

柏木さんは、電話があったことを伝えておいてくれると言ったけれど、それはいいと断った。祥子さまにだけならよかったけれど、側《そば》にいる瞳子ちゃんにまで知られるのは嫌だった。

電話を切った後、急に力が抜けた。

次の約束はできないって言いながら、祥子さまは瞳子ちゃんとはしっかり出かけていたのだ。

二人きりのデートではない。柏木さんも一緒なのだ。だが、だからといって何の慰《なぐさ》めになるだろう。

金曜日の別れ際《ぎわ》、祐巳は祥子さまに瞳子ちゃんを選ぶのかと問いかけた。その答えが、今、出されたのだと理解した。

祥子さまは瞳子ちゃんを選んだ、そういうことだ。受け入れてしまえば、何のことはない。すごく悲しいけれど、人の心は変わってしまうものだから。

祐巳は、首にかけていたロザリオを外した。

私服でいる時も、つい身につけてしまうくらい肌の一部のようになってしまったロザリオは、八カ月前に祥子さまからかけてもらったのだった。

(いいんだ、もう)

ロザリオを外して祥子さまの妹でなくなれば、お姉さまの心を測《はか》って気持ちをすり減らすこともなくなる。

祐巳は、もう疲れてしまったのだ。

好きな人を疑いながら生きる生活に。

3

だから週明けからは、薔薇《ばら》の館《やかた》には行かないことにした。

祥子《さちこ》さまの顔を見るのは辛《つら》いし、妹を辞退する決心を固めたのだから、祐巳《ゆみ》は紅薔薇《ロサ・キネンシス・アン・》のつぼみ《ブウトン》として山百合《やまゆり》会のお手伝いをする理由がなくなるのだ。タイミングよく、乃梨子《のりこ》ちゃんが正式に白薔薇《ロサ・ギガンティア・アン・ブウトン》のつぼみになったから、一人抜けた穴を埋めてくれるはずだった。

「いったい何があったのよ」

昼休みも放課後も、薔薇の館に行こうとしない祐巳に、由乃《よしの》さんが問いつめた。

「祥子さまだって心配しているよ」

「まさか」

祐巳は鼻で笑った。

「本当だってば」

心配なのは、紅薔薇《ロサ・キネンシス》さまとしての体面ではないのか。忙《いそが》しいのに、自分の妹一人だけが手伝いにこないのでは、姉としての面目《めんもく》がつぶれるから。

「とにかく、今から一緒に薔薇の館に行こう」

帰りかけた祐巳の腕をとって、由乃さんが歩き出す。

「行かない」

祐巳は振り切って下足室へと向かった。すると由乃さんは、追いかけながら言った。

「何があったか知らないけれど、きっと祥子さまが悪いと思う。だから、一緒に抗議してあげる。黙ったまま腹をたててたら、永遠に仲直りなんてできないよ」

「もう、その段階は終わったんだ」

無様《ぶざま》にすがって、その結果拒絶された。仲直りも何も。祥子さまに妹以上に優先される後輩ができてしまったのだから、もはや元の鞘《さや》に戻れるはずなどないのだ。

「心配してくれてありがとう。ごめんね」

「祐巳さん……」

靴を履《は》き替《か》えてしまった祐巳を、由乃さんはもう引き留《と》めはしなかった。祐巳が下足室から出ていくのと同時に、回れ右して戻っていった。

雨が降っているのに気づいたのは、昇降口を出ようとした時だった。登校時下校時には開いている扉が閉められており、ガラス一枚挟んだ向こう側の世界には雨がパラパラと降っていた。

何もかもが面倒くさくなっていて、いっそ濡《ぬ》れて帰ろうかとも思ったが、かえって目立って誰かに声をかけられるのもかったるいので、祐巳は鞄《かばん》を開いて紅《あか》い折り畳み傘を取りだした。うまく開かないことにいらだちながら外に出ると、そこに立っていた人がこちらを見た。

「——祐巳」

「お姉さま……」

とっさに、何を言っていいのかわからなかった。どこかで会ったらいつでも返せるように、ロザリオはポケットに入れてある。でも、いざその時になると、なかなか行動に移せなかった。右手に傘、左手に鞄。ロザリオを取り出すための手もあいていない。

「会えるような気がしたわ」

祥子さまは微笑した。庇《ひさし》の下にいるので閉じられてはいるが、傘と、鞄を手にしているところから、下校するという意志が見てとれた。由乃さんに引きずられて薔薇の館に行っていたら、ここで会うことはなかっただろう。

「あなたには、ちゃんと話さなければならないわね」

動けずに固まる祐巳に、祥子さまは自ら一歩踏み出した。祐巳はパニックを起こして、無意味に一歩後退した。

わずかな時間に、胸の中では複雑な思いが入り交じった。

祥子さまは自分と話をするために、わざわざここで待っていてくれたのだろうか、とか。

話の内容とは、ロザリオを返してくれということだろうか、とか。

いや、今までのは演劇部の瞳子《とうこ》ちゃんが仕掛けたドッキリだったという告白、とか。

まさかそんな都合のいい話はあるわけがない、とか。

「祐巳」

祥子さまはもう一歩踏み出して、祐巳のカラーをそっと整えた。そんな風に名前を呼ばれると、身体《からだ》の力が抜けてとろけてしまいそうになる。

大好きなお姉さま。祐巳の気持ちは、少しも変わっていなかった。

「お姉さま」

あと何度、そう呼べるだろう。そんなことを考えながら、静かに見つめ返した。

その時。

昇降口の扉から出てきた生徒が、祐巳の脇《わき》を通り過ぎた。

「祥子お姉さま。お待たせしました」

瞳子ちゃんだった。

祐巳は、祥子さまと瞳子ちゃんを交互に眺《なが》めた。けれど、どんなに都合よく解釈《かいしゃく》したところで、二人はここで待ち合わせていたという以外の結論はでなかった。

「……そういうことですか」

とろけかけた心が、一瞬にして凍りついた。祥子さまは、祐巳を待っていたわけではなかった。瞳子ちゃんを待っていたところに、たまたま祐巳が通りかかっただけの話だった。

その場にいるのがあまりに惨《みじ》めで、祐巳は二人に背中を向けた。

「待って、祐巳さま」

驚いたことに、引き留めたのは瞳子ちゃんの方だった。

「まだお話は途中でしょう？　少し急ぎますので、立ち話はしていられないんですけれど。歩きながらでよろしければ続きをお話しになったらいかが？」

「えっ？」

祐巳が驚いている間にも、瞳子ちゃんは祥子さまに向かっておねだりするように言った。

「ね。紅薔薇《ロサ・キネンシス》さま、そういたしましょうよ」

「——そうね。祐巳、そこまで一緒に帰りましょう」

祥子さまもそんな風に言ったけれど、祐巳は拒絶《きょぜつ》した。

「いいえ」

何が悲しくて、仲睦《なかむつ》まじい二人に混じって帰らなければならないのだ。

単純な意地悪なのか、余裕のあるところを見せつけようというつもりなのか知らないが、瞳子ちゃんの友好的な表情が憎《にく》らしかったし、その提案を受け入れた祥子さまにも憤慨《ふんがい》していた。

「もう、いいんです」

祐巳は、そのまま駆けだした。

「あっ、祐巳さま!?」

瞳子ちゃんの声が、背後から追いかけてきた。なのに、祥子さまの声は届いてこなかった。

雨が顔を濡らす。髪を濡らす。制服を濡らして、どんどん重くなる。

自分の走る姿は何て格好悪いのだろう、と思いながら祐巳は走った。ドラマなんかで見る傷ついたヒロインは、もっとさっそうと走っていた。

なのに自分ときたら、どうだ。鞄は股《もも》にパタンパタンとあたるし、折り畳み傘はひっくり返ってまるでコントだった。

格好悪いままがむしゃらに図書館の脇を駆け抜け、マリア様のお庭の前をすっ飛ばし、銀杏《いちょう》並木をどんどん進んで校門が見えてきたところで、祐巳の足はやっと止まった。

十メートルほど先にいる大学生の集団の中に、知っている人がいたから。

華やかな色の傘の中に、男物の黒い傘が混じっている。

遠くからでも後ろ姿でも、わかる。何度も祐巳を助けてくれた、頼もしい人の背中だった。

「……聖《せい》さま」

弱い声で呼びかけたにも関わらず、黒い傘はゆっくりと振り返った。一緒にいたピンクの花柄とか黄色の水玉とか紺のチェックとかの傘は、黒傘が立ち止まったことさえ気づかずに校門を抜けて歩いていく。

「祐巳ちゃん、どうしたの!?」

聖さまは叫んだ。傘があるのに濡れ鼠《ねずみ》となった後輩を見れば、たいていの人は驚くものである。

「聖さまぁっ」

祐巳は傘も鞄もその場に捨てて、真《ま》っ直《す》ぐ聖さまの胸に飛び込んだ。

「いったいどうしたの」

ただ泣き続ける祐巳に、聖さまはオロオロするばかりだったけれど、どうして泣いているのかを冷静に説明できそうになかった。でも、この前聖さまが「ぶちまけていい」って言ってくれたから。もう一人で抱えきれないほど膨《ふく》らんでしまった切ない思いを、誰かに聞いて欲しかったから。

「ああよしよし」

聖さまは、しゃくり上げる祐巳の背中を、やさしく撫《な》でてくれた。こうしていると、何も考えずにいられそうだった。大きな存在に身を委《ゆだ》ねて、疲れた身体を休めたかった。

やがて手の動きが止まって、聖さまがつぶやいた。

「……祥子」

そのことで、祥子さまがそこに現れたことを祐巳は知った。でも、聖さまからは離れなかった。力を入れて、しがみついた。祥子さまには返さないでって、無言で聖さまに訴えかけた。向かい合っている形の祥子さまと聖さまは、どちらも何も言わなかったから、祐巳には周囲の状況が見えなかった。ただ祥子さまの足音が、ゆっくりこちらに近づいてくるのがわかるだけだ。

「祐巳」

静かに、名前を呼ばれた。けれど、祐巳は答えなかった。聖さまの腕の中で、いやいやと首を振り、顔を上げもしなかった。

やがて、祥子さまのため息が聞こえた。

「お世話おかけします」

それは、聖さまに向かって言った言葉だったのだろう。祐巳の頭のすぐ上にあるもう一つの頭が、小さくうなずく。

「祐巳ちゃん」

遠ざかる足音にかぶって、聖さまが囁《ささや》いた。

「いいの？　祥子、行っちゃうよ」

「いいんです」

祐巳は静かに顔を上げた。——と、聖さまの腕には、さしている黒い傘とは別の傘の柄《え》が引っかかっていた。

「これ」

「祥子が拾って私に渡した」

それは祐巳の紅い折り畳み傘だった。よく見れば、祐巳の鞄もそこにある。

「……祥子さま」

祐巳は、閉じられた紅い傘をギュッと握りしめた。

これは私だ、と思った。地面に落ちて泥水《どろみず》で汚れた惨めな傘。祥子さまはそれを拾って、聖さまに託《たく》した。

もう、いらないんだ、ってそう思ったら無性に悲しくなって、祐巳は黒い傘を飛び出していた。

校門を出た場所に、祥子さまはいた。迎えにきたと思《おぼ》しき黒塗りの車の後部座席に瞳子ちゃ

んと一緒に収まって、窓から美しい横顔をのぞかせている。

「お姉さまっ!!」

走り去る車に叫んでみたが、届かなかった。祥子さまは一度もこちらを見なかったし、車はスピードをどんどん上げていく。

きっと雨のせいだ。

強くなってきた雨が、祐巳の声も姿も、覆《おお》い隠してしまったのだ。

やがて祥子さまを乗せた車も、雨ににじんで見えなくなった。

どしゃ降りの雨が、二人をどんどん引き離していく。

「お姉さま……」

声を出しても、雨音に打ち消されてしまう。追いかけても、雨に遮《さえぎ》られて姿が見えない。

雨が降る。

雨が降る。

こんなはずじゃなかったのに。

祐巳は雨と一緒に泣き続けた。

傘はあるのに、それを抱きしめ、濡れながら届くことのないお姉さまの名前を呼んだ。

あとがき

この度《たび》、読者の皆さまおよび関係者の方々には、ご迷惑そしてご心配をおかけしましたことを、心よりお詫《わ》び申し上げます。


こんにちは、今野《こんの》です。

初《しょ》っぱなの文章にピンときた方、たくさんいますよね。

ここまで読んで「何のことー?」という方も、もちろんたくさんいると思います。

発売日からずいぶん時間が経《た》ってこの本を手にした方なんて、もうさっぱりわけがわからない状態でしょう。

そういうことも全部ひっくるめて、皆さん本当にごめんなさい!

――この文庫、発売が一カ月遅れました。ついでに懺悔《ざんげ》すると、雑誌も一本落としました。

実は年明け早々体調を崩し、一月の半《なか》ば頃にはとうとう入院という事態になりまして。

始めは風邪《かぜ》の症状だったんですよ。のどの痛みから始まって、高熱が出て、そうこうしているうちに顔がみるみる腫《は》れてきて、もうものすごい状態になってしまいました。

主治医の先生がくだした診断は『耳下腺炎《じかせんえん》』。流行性の耳下腺炎は俗に「おたふくかぜ」と呼ばれていますが、すでに幼稚園の時に経験済みでした。まれに二度なる人もいるそうですが、抗体を調べてみても、数値が微妙で二度目なのか急性化膿《かのう》性なのかは断定できなかったようです。どっちにしろ、幼稚園の時よりはるかに症状が重かったのは間違いありません。比喩《ひゆ》じゃなくてね、ボクシングの試合で、9ラウンド殴《なぐ》り続けられたボクサーみたいにパンパンに腫れちゃったの、顔が。頬《ほお》は綿を思いっきり口に詰めたみたいだったし、目は土偶《どぐう》の目そっくり（腫れすぎてちゃんと開かないんだ、これが）。顔見知りのお医者さんが、私の顔を見るなり絶句したくらい悲惨《ひさん》でした。熱も高かったしね。解熱剤《げねつざい》飲んで熱を下げてから、編集部に電話かけにいってたというのも、今となっては懐《なつ》かしい思い出……。

あ、もうすっかり元気になりましたのでご安心ください。一月遅れでもこうして本が出せたわけですから、普通にお仕事ができる状態に戻りました。改めて、人間「健康が第一」だなぁ、と実感しております。

おっと。今回、あとがきは二ページ。病気のことだけ書いて、ページが埋まってしまいました。小説の内容に、全然触れてないあとがきでごめんなさい。

――ああ、最初から最後まで謝りっぱなしだ。

今野緒雪

こんの・おゆき

1965年6月2日、東京生まれ。双子座、A型。『夢の宮～竜のみた夢～』で1993年上期コバルト・ノベル大賞、コバルト読者大賞受賞。コバルト文庫にオリエンタル・オムニバスの『夢の宮』シリーズ、ヒロイック・ファンタジーの『スリピッシュ！』シリーズ、学園コメディの『マリア様がみてる』シリーズ、『サカナの天』がある。
「部屋で数種類の観葉植物を育てています。ポトスとパキラとアイビーはいつも元気です。」

マリア様がみてる
レイニーブルー

COBALT-SERIES

2002年4月10日　第1刷発行
2003年12月30日　第11刷発行

★定価はカバーに表示してあります

著者　今野緒雪
発行者　谷山尚義
発行所　株式会社　集英社
〒101－8050
東京都千代田区一ツ橋2－5－10
(3230) 6268（編集）
電話　東京 (3230) 6393（販売）
(3230) 6080（制作）

印刷所　株式会社美松堂
中央精版印刷株式会社

ISBN4-08-600078-4 C0193